타임리스

타임리스

장윤민 SF 툰 소설

TIMELESS

꼬짠녁

타임리스

초판 1쇄 발행 2016년 2월 29일

지은이 장윤민
펴낸이 윤승일
펴낸곳 고즈넉

출판등록 2011년 3월 30일 제319-2011-17호
주소 서울시 강서구 공항대로 649 제성빌딩 303호
대표전화 02-6269-8166 **팩스** 02-6166-9199
이메일 realfan2@naver.com

ⓒ 장윤민, 2016
ISBN 978-89-6885-048-6   03810

차 례

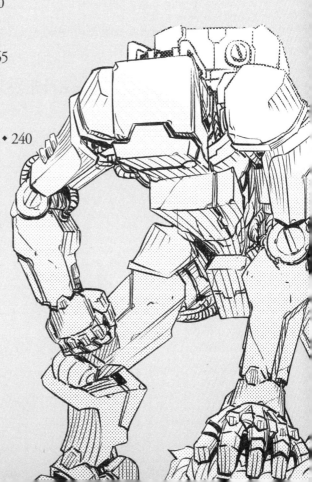

2137년, 인간은 불노불사의 삶이 가능해졌다.

15만번째 생일을 앞둔 여자

허리케인이 머릿속을 휩쓸고 지나갔다. 어떻게 5분을 버텼는지 모르겠다.

아니, 어쩌면 5분이 아닐지도 모른다. 체감하기에 그 정도이겠거니 짐작할 뿐이지 실제로는 그보다 짧은 시간일 것이다. 왜, 고통의 순간은 시간이 더디 흐르지 않나.

겨우 몸을 일으켜 침대 머리맡에 걸터앉은 에일리는 여전히 그녀를 괴롭히는 편두통의 잔상을 느끼며 가쁜 숨을 몰아쉬었다. 전력질주를 버텨낸 마냥 심장이 두근거렸다. 등허리에 축축하게 달라붙은 옷에서는 불쾌한 한기가 느껴졌다. 정말이지 이제껏 겪어본 두통 중 이번만큼 지독한 녀석은 처음이었다. 머리가 깨질 듯하다는 표현 외에 달리 설명할 길이 없는 녀석이었다.

두통의 전조는 불길한 꿈이었다. 꿈속에서 그녀는 차를 타고 도주 중이었다. 누군가로부터 살해 위협을 받은 터였다.

차량이 협곡 위 대교를 지나던 때였다. 갑자기 차량 후면에서 거대한 폭발이 일었다. 그 충격으로 운전석에 타고 있던 에일리는 차창 밖으로 날아가 버렸다. 그리고 대교 아래로 추락했다.

눈앞에 협곡이 있었다. 빠른 물살에 풍덩, 온몸이 빨려 들어가는 순간 그녀는 침대 위에서 눈을 떴다.

에일리는 이마에 맺힌 땀을 손등으로 닦으며 꿈속을 되짚었다. 사고를 낸 남자의 얼굴이 어렴풋이 기억나는 듯했다. 눈을 감고 집중했다.

남자의 얼굴을 가리던 모자이크가 하나 둘 벗겨지고 있었다.

그때 두 번째 허리케인이 찾아왔다. 두개골 안에 손을 집어넣어 뇌를 마구 휘젓는다면 이런 고통이지 않을까. 에일리는 머리를 부여잡으며 침대 위로 고꾸라졌다.

몇 분이 지났다. 한 번도 아니고 두 번이다. 심상치 않은 두통이 연거푸 그녀를 흔들고 갔다. 특정 원소에 반응하는 촉매제처럼 유독 그 꿈에 접근하려 할 때마다 격렬한 두통이 찾아오고 있었다.

그녀는 머리를 흔들어 악몽을 떨쳐냈다. 세 번째 두통을 맞이하고 싶지 않았다.

꿈에서 벗어나니 주위가 눈에 들어왔다. 그런데 이상했다. 새카만 어둠이 주변을 지배하고 있었다. 매일 아침 눈을 뜨던 자신의 침실이 아니었다. 모르는 장소였다. 혼자인 듯했다.

그녀는 어둠 속으로 팔을 뻗었다. 좌우가 차가운 벽으로 막혀 있었다. 벽을 더듬으며 침대를 내려와 앞으로 조금 걸었다. 우측으로 자그만 공간이 드러났다. 맞은편 5미터 거리에 출입문이 있고 문에 붙은 창문을 통해 복도의 빛이 새어 들어오고 있었다.

병원 내 창고인 듯했다. 좌측에는 의료기기가, 우측 벽면에는 세 개의 붙박이 선반이 있었다. 선반 위에는 의약품 통이 가지런히 놓여 있었다. 출입문 옆에 내부를 밝히는 스위치가 있었지만 건드리지 않았다.

특이한 것은 그녀가 누워 있던 침대였다. 침대는 나란히 붙은 세 칸의 생체 인식형 캐비닛으로 완벽하게 가려져 있었다. 캐비닛은 벽에서 1미터 떨어진 지점에 있고 그 사이에 침대가 있었다. 남몰래 낮잠을 청하기 위한 풋내기 직원의 비밀장소라도 되는 것일까. 그녀는 그런 침대에서 눈을 뜬 것이다. 머릿속은 점점 더 미궁으로 빠져들었다.

'대체 여기가 어디지? 왜 이런 곳에서 눈을 뜬 거지?

에일리는 뉴로넷(neuro network) 접속을 시도했다. 신체 내부에 이식된 새끼손톱만 한 컴퓨터 바이오칩이 위치를 확인해줄 것이다. 그녀는 자신의 아이디와 비밀번호를 머릿속에 그려 넣었다.

'……'

아무 일도 일어나지 않았다. 잘못 입력되었나. 다시 한 번 시도했다.

'……'

마찬가지였다. 세 번째 시도에도 변화는 없었다.

원래대로면 로그인과 함께 뉴로넷에 접속되어야 했다. 그리하면 구글링을 하거나, 클라우드에 저장된 파일을 다운로드하거나, 타인과 연락을 취하거나, GPS를 가동하여 현재 위치를 탐색할 수 있을 텐데. 그런데 그 뉴로넷에 접속이 되지 않았다.

아이디와 비밀번호가 틀렸을 확률은 제로에 가까웠다. 149년 간 사용한 아이디를 세 번이나 틀렸을 리 없었다. 그녀는 두 가지 가설을 떠올렸다. 바이오칩이 망가졌거나, 아니면 몸에서 제거되었거나.

불현듯 새로운 의문이 그녀의 머리를 스쳤다.

'혹시…… 그건 꿈이 아니라 실재(實在)일지도?'

다음 순간, 그녀의 동공이 파르르 흔들렸다.

의문이, 사실이었다.

꿈이라 생각했던 것이 꿈이 아니었다. 살해 위협을 받은 것도, 폭발의 영향으로 대교를 추락한 것도 실재였다.

다리가 휘청거렸다. 한 손으로 캐비닛을 짚었다. 그러다 하마터면 기함을 토할 뻔했다. 웬 남자가 창밖에서 서성거리고 있는 게 아닌가. 출입문이 열리려 하고 있었다.

에일리는 재빨리 캐비닛 뒤로 몸을 숨겼다. 온몸에 소름이 돋았다. 심장이 쿵쾅거렸다. 사고를 낸 장본인인가? 모른다. 지금은 그저, 남자의 목적이 캐비닛 뒤 침대가 아니길 바라는 수밖에 없다.

출입문이 열리며 내부가 밝아졌다. 콧노래를 흥얼거리며 들어온 남자는 의약품을 들여다보는 듯했다. 에일리는 소리를 죽여 침대 밑으로 다리를 구겨 넣었다. 틈이 좁았다. 침대 아래에 몸을 숨기는 것은 포기해야 했다. 다리를 끄집어내는 데 발끝에 무언가가 채였다. 탄소나노튜브 소재의 목발이었다.

"아직 자나?"

캐비닛 너머에서 들려온 말은 끔찍했다. 그 말은 곧 침대가 있는 쪽으로 움직이겠다는 예고에 다름 아니었다. 예상대로 남자의 발소리가 캐비닛 안쪽으로 다가오고 있었다.

"어?"

그녀와 눈이 마주친 남자가 눈을 동그랗게 떴다. 그의 한 손에는 초록색 약물이 든 주사기가 들려 있었다. 약물의 정체를 알아본 에일리는 머리 위로 목발을 들어올렸다. 당황한 남자가 뒷걸음질 치며 말했다.

"자, 잠시만요. 제 말 좀 들어봐요."

들어볼 것도 없었다. 살해 위협은 실재였고, 눈앞의 남자는 안락사 집행 시 사용되는 초록색 약물을 들고 있었다.

목발이 허공을 갈랐다. 둔탁한 충격음이 공간에 울려 퍼졌다.

관자놀이를 가격당한 남자는 그대로 정신을 잃었다. 목발을 쥔 두 손이 찌릿찌릿 저려왔다. 예상보다 힘이 세게 들어간 터였다.

에일리는 허리를 숙여 남자를 살폈다. 하얀 가운만 보고도 정체를 알 듯했다. 남자는 배양사로 보였다. 가슴팍에는 그의 이름이 붙어

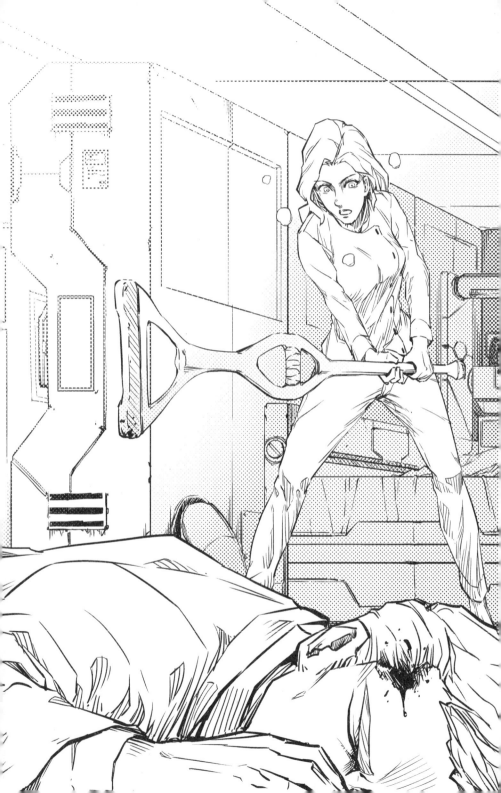

있었다.

에드워드 존스.

남자의 가슴주머니 위로 손수건처럼 1센티미터 정도 올라온 전자식 페이퍼(e-paper)가 보였다. 명함 크기의 기기를 꺼내들어 두 번을 펼치니 투명한 필름 위로 화면이 떠올랐다. 먼저 오늘이 며칠인지 날짜를 확인했다.

DEC 19 2137 (THU), PM 10:51

에일리는 나열된 숫자를 보며 한 가지를 깨달았다. 그녀의 나이는 여전히 149세이며 150번째 생일이 불과 사흘 앞으로 다가왔다는 것이었다. 12월 초에 사고가 있었던 것으로 기억한다. 사고가 있고 방금 눈을 떴을 뿐인데 열흘 넘는 시간이 지나 있었다.

페이퍼 초기 화면에 있는 폴더는 대개 '배양'과 관련된 것이었다. 배양일지, 배양기술법, 배양시술고객 등.

그 중 그녀의 시선을 사로잡는 폴더가 있었다. 놀랍게도 폴더 이름이 에일리였다. 그 안에는 몇 장의 사진이 들어 있었다. 모두 같은 장소에서 같은 구도로 찍은 사진이었다.

첫 번째 사진은 거대한 유리관 안에 핏물이 부유하는 모습이었다. 두 번째는 핏물이 어우러진 덩어리가 사람의 형상을 이루고 있었다. 다음은 뼈와 근육이 제법 붙어 있었고, 그 다음은 몸뚱이 위로 새하얀 살이 돋아난 사진이었다. 다섯 번째 사진에서는 금빛 머리카락과 익숙한 체형을 확인했고, 설마 하는 생각으로 마지막 사진을 확인한 그녀는 동상처럼 굳어버렸다.

완성된 창조물은 다름 아닌 에일리 본인이었다. 게다가 이제 갓 스무 살 정도 돼 보이는 앳된 모습의 그녀였다.

이해할 수 없었다. 어째서 낯선 남자의 기기 안에 자신이 들어 있는 것일까. 그녀는 에드워드라는 남자를 위아래로 훑어보았다. 기절해 있는 그는 모르는 남자가 분명했다.

순간 무언가 떠올랐다. 한달음에 출입문 앞으로 다가가 창고 안으로 들이치는 빛의 기둥으로 팔을 내밀었다. 소매를 걷자 가녀린 손목과 새하얀 피부가 드러났다.

'이게 내 팔이야?'

바지를 걷었다. 다리 또한 매끈하니 윤기가 흘렀다.

내친김에 하나 더 확인해보자. 두 손으로 젖가슴을 주물렀다. 기억 속 제 것보다 봉긋하니 탄력이 있었다. 에일리는 벌어진 입을 다물지 못했다.

몸이 젊어졌다.

사고로 망가진 몸이 새로운 몸으로 대체된 것이었다.

'나를 살려낸 사람이 에드워드란 남자인가?'

새로운 의혹이 머리를 스쳤다.

'그렇다면 지금은 왜 나를 죽이려 한 거지?'

답은 나오지 않았다.

곧 그가 눈을 뜰 것이다. 이대로 계속 창고에 붙박이고 있을 수는 없었다.

에일리는 출입문에 귀를 댔다. 외부가 소란스러웠다.

심호흡을 했다. 그리고 조심스레 손잡이를 돌렸다.

복도를 보면 건물의 수용인원을 어느 정도 추정하는 것이 가능하다. 층고가 얼마나 높으며, 복도 끝에서 끝까지의 길이가 어느 정도 인지, 어깨를 맞댄 사람이 한 번에 몇이나 지날 수 있는지, 이런 것 들이 건물의 크기를 가늠하는 척도일 것이다. 그런 면에서 지금 그 녀가 발 딛고 선 건물은 그녀가 경험한 그 어느 건물보다도 규모가 컸다. 신장의 두 배는 되는 듯한 층고, 좌로도 우로도 그 끝이 보이 지 않아 소실점을 드러내는 복도, 화물차량 두 대가 너끈히 지날 정 도의 폭.

예상대로 그곳은 병원이었고, 에일리는 곧장 근처 화장실로 들어 갔다. 세면대에 다가가 거울을 들여다보니, 그 안에 드러난 것은 50 대 중년이 아닌 새파란 20대의 여성이었다. 탱탱한 피부, 윤기 흐르 는 금빛 머릿결, 자신의 표정을 똑같이 따라하는 여자. 본인이었다.

바이오칩은 신체가 교체되며 사라진 듯했다. 또 한 가지 깨달은 것은 그녀의 옷이 환자복이라는 사실이었다.

그녀는 다시 한 번 사고의 정황을 그려보았다. 추적을 당했고 폭 발하는 호버카(hover car)로부터 튕겨 나가 대교에서 추락했다. 당연 히 죽음을 예견했다.

순간 그녀는 한쪽 눈을 찡그렸다. 예사롭지 않은 두통이 다시금 머리를 욱죄어왔기 때문이었다. 즉시 생각을 중단했다. 이번에도 범인의 얼굴은 확인하지 못했다.

세면대에 찬물을 받아 얼굴을 적셨다. 차디찬 물방울이 피부에 스미는 것이 느껴졌다. 두통이 사그라들었다.

생각은 창고 안 남자로 옮아갔다. 에드워드를 어떻게 해야 할까? 병원에 신고하는 것이 능사일까? 아니다. 그보다 제이스에게 연락을 취해 그를 병원으로 불러들이는 것이 낫다. 그녀는 화장실을 빠져나와 창고로부터 먼 곳을 향해 걸었다.

창고에서 확인한 시간이 맞다면 밤이 깊어가고 있는 데도 불구하고 내부는 사람들로 가득해 걷는 동안 두 번이나 어깨를 부딪쳤다. 복도는 특정 지점에 이르자 교차로처럼 양옆으로 또 다른 복도를 내었다. 교차점은 환자와 배양사로 혼잡스럽기 그지없었다. 벽과 맞닿은 곳에 무장경찰과 안내원이 서 있었다. 그녀는 안내원에게 다가갔다.

"네트워크 부스를 찾는데요?"

"1층 로비로 내려가세요."

에일리는 곧장 엘리베이터로 향했다.

67층에서 1층으로 내려가는 몇 초의 순간이 한없이 길게 느껴졌다.

1층에 도착하니 눈앞에 드넓은 로비가 펼쳐졌다. 그곳에 네트워크 부스가 있었다. 그녀는 빈 부스에 들어가 기기의 버튼을 눌렀다. 공용 OS 기본화면이 홀로그램으로 떠올랐다. 지금 그녀에게 필요한 것은 제이스와의 통화. 그녀는 발신 아이콘을 응시했다. 프로그램이 구현되자 그 안에 제이스의 아이디를 입력했다.

수신음이 들렸다. 가슴이 조마조마했다. 아마도 제이스는 자신의 상황을 전혀 알지 못하고 있을 것이다. 아직 살아있다는 소식을 접한다면 어떤 반응일까?

수신음이 1분 넘게 이어졌지만 그는 전화를 받지 않았다.

이미 밤 11시를 넘긴 시각, 충분히 그럴 수 있는 일이었다. 그녀는 실망스런 표정으로 부스를 나왔다.

이대로 날이 밝기를 기다릴 수는 없었다. 150번째 생일이 겨우 사흘밖에 남지 않았다. 지금 가장 타당한 선택은 병원을 빠져나가 택시를 타는 것이다.

그녀는 걸음을 옮겼다. 나가는 곳을 가리키는 표지를 따라 오른쪽으로 모퉁이를 돌아섰다. 너무 급한 걸음걸이였나. 그녀는 반대편에서 다가오던 사람과 부딪치며 바닥에 넘어졌다. 상대는 몸집이 왜소하고 머리가 벗겨진 나이 든 경비원이었다. 그 역시 바닥에 엉덩이를 붙이고 있었다.

"아이쿠, 죄송합니다."

경비원이 바닥을 딛고 일어서며 말했다. 침착하게 행동하는 게 근무 경력이 오래 되었음을 짐작케 했다.

"어딜 그리 급히 가십니까?"

경비원이 물었다. 에일리 역시 자리를 털고 일어났다.

"나가는 곳을 찾고 있어요."

"이 시간에 환자분 혼자서요?"

환자복을 입었으니 환자라 생각하는 모양이었다.

"잠시 바람 좀 쐬려고요."

"큰일 날 소리를. 지금 바깥은 위험합니다. 버지니아 주 전역에 경계령이 내려진 것을 모르세요?"

금시초문이었다. 잠든 기간 동안 벌어진 일인가.

"무슨 경계령이요?"

"연일 매스컴에 보도 중이잖아요. 그제 전임 주지사가 납치된 사건 말입니다."

"주지사가 납치를 당해요?"

경비원이 의아한 눈초리로 쳐다보았다.

"주지사라면, 혹시 제퍼슨 씨 말인가요?"

"맞아요. 제퍼슨."

제퍼슨이라면 버지니아 주 전임 주지사라는 명망 이상으로 유명한 정치인이었다. 보기 드물게 퇴임 후에도 전직과 관련해 스캔들이 없는 성공한 인물이었다. 그의 나이는 에일리와 같은 149세. 다가올 크리스마스 이브에 그의 공개 안락사 집행이 예정되어 있었다.

"제퍼슨을 누가 납치했어요?"

"아무것도 모르시는군요."

경비원이 검지로 자신의 관자놀이를 똑똑 두드렸다. 뉴로넷에 접속하여 알아서 검색해보란 의미였다.

"사고로 지금 칩이 없어요."

경비원이 아, 하고 입을 벌리며 고개를 끄덕였다.

"범인은 거부자예요. 32명의 거부자."

"거부자가 32명이나요?"

이따금 안락사 집행을 거부하는 '거부자'에 대한 뉴스를 접할 수 있었다. 흔한 일은 아니었지만 그렇다고 특별한 뉴스도 아니었다. 하지만 기억 속에는 거부자들이 수십 명이나 단체를 결성해 범죄를 저지른 경우는 이제껏 없었다. 기껏해야 돌출적으로 나타나 안락사 폐지를 주장하거나 쫓겨 다니며 식료품을 훔치다 적발되는 경우가 고작이었다.

"그래서 32명은 붙잡혔나요?"

"아뇨, 단 두 명만 현장에서 사살됐고 나머지는 모두 도주했습니다. 제퍼슨을 납치해서 말이죠. 그 일로 도심 곳곳에 경찰이 배치됐어요."

그녀는 경비의 말에 수긍했다.

"그럼 로비에서 좀 쉬었다가 병동으로 돌아갈게요."

경비는 말없이 에일리를 바라보다 고개를 끄덕였다.

"그렇게 하세요. 금방 돌아가셔야 합니다."

에일리는 경비를 뒤로하고 로비 의자에 앉았다. 자신이 지금 처한 상황만큼이나 경비가 전한 소식은 충격적이었다. 거부자가 32명이나 동시에 출몰하다니.

그녀는 고개를 돌려 경비가 걸어간 쪽을 바라보았다. 경비는 이미 시야에서 사라지고 없었다. 그녀는 자리에서 일어나 잰걸음으로 걷기 시작했다. 얼마 남지 않은 시간인데 이렇게 소중한 시간을 병원 로비에서 흘려버릴 수는 없었다.

우측으로 조금만 가면 바로 정문이 있다. 예정했던 계획을 실행에 옮기기로 한 것이다.

폭이 20미터는 돼 보이는 정문은 수많은 사람들로 발 디딜 틈이 없었다. 정문에는 무장경찰 단 둘만이 서 있었다. 형식적인 관리일 뿐, 병원을 드나드는 환자에게는 큰 관심을 두는 것 같지 않았다.

에일리는 경찰에게서 최대한 멀리 떨어진 문을 향해 걸었다. 경비는 없고 경찰도 그녀를 주시하지 않았다.

막 출입문에 발을 들이려던 찰나, 누군가 뒤에서 그녀의 손목을 잡아끌었다.

놀란 눈으로 돌아보자, 눈앞에 창고에서 때려 눕혔던 남자, 에드워드가 서 있었다.

"저 문을 지나면 안 돼요."

어떻게 그가 여기에 있는 걸까.

"이 손 놔요! 경찰 부르기 전에."

"문을 지나자마자 경찰에 체포될 거예요."

"경찰이 왜 나를 체포한다는 거죠?"

"정문에 홍채인식기가 설치돼 있어요. 당신이 누군지 발각된다고요."

"그게 어때서요?"

에드워드는 주변을 살피더니 그녀에게 가까이 다가붙었다.

"에일리, 내 말 잘 들어요. 당신은 지금 기록상 죽은 사람으로 되어 있어요. 문을 통과하는 순간 경보음이 울릴 거라고요."

에일리는 미간을 찌푸렸다. 이렇게 버젓이 살아있는데 사망자라니, 납득하기 어려운 말이었다.

"잠깐이면 돼요. 딱 5분만 얘기해요."

그가 말했다. 에일리는 점점 자신을 미궁 속으로 끌고가는 것 같은 남자를 보았다. 처음으로 그의 눈을 제대로 직시했다.

그는 20대 후반에서 30대 초반으로 보였다. 짙은 눈동자에 선 굵은 이목구비, 단정한 포마드헤어에 하얀 가운 그리고 안에 받쳐 입은 수트. 영락없는 배양사의 용모였다. 단 하나, 오른쪽 관자놀이 옆에 붙은 반창고만 제외하고.

그가 혼자서 직접 자신을 찾아다닌 거라면…… 위험한 사람이라고만 단정지을 수는 없었다. 거짓말을 하는 것 같지도 않았다. 에일리는 대화에 응하기로 했다.

맨 처음 그녀를 발견한 건 친구 녀석 노아였다.

술을 거나하게 마시고 함께 병원으로 돌아오던 길이었다. 술기운에 잠시 바람이나 쐴 겸 강변에 차를 댔을 때였다.

"음? 저게 뭐지? 개가 죽었나……"

노아 호킨스가 오줌을 갈기다 말고 혀 꼬부라진 소리를 냈다. 그가 턱으로 가리킨 곳은 물가였다. 에드워드 존스는 어깨를 부르르 떨며 바지 지퍼를 채웠다. 그러고는 취기에 몽롱해진 눈에 비틀거리는 걸음으로 물가에 다가갔다.

무언가 누워 있었다. 취기와 어둠이 혼재된 탓에 형태가 잘 가늠되지 않았다. 에드워드는 발로 그것을 툭툭 건드렸다.

딱히 이렇다 할 반응이 없었다. 죽었나.

에드워드는 눈을 감았다. 정신을 한곳에 집중하려는 시도였다. 하지만 맘처럼 되지 않았다. 두 시간 전에 비운 보드카 세 병에서 완전히 회복되려면 적어도 반나절은 더 지나야 했다.

딸꾹질이 흘러나왔다. 다리가 휘청거리며 균형이 흐트러지더니 물가에 첨벙, 엉덩이를 담그고야 말았다.

노아가 배를 잡고 낄낄거렸다. 에드워드는 몸을 일으켰다. 취중이라 그런지 그의 뇌는 '차량 헤드라이트 불빛을 켜라'라는 간단한 명령조차 버거워하고 있었다. 그렇다면 손으로 켜는 편이 차라리 낫다.

"노아, 헤드라이트 좀 켜봐."

노아는 S자를 그리며 비틀비틀 차량으로 걸어갔다. 이윽고 차량이 빛을 뿜었다. 에드워드는 고개를 내려 생명체를 확인했다. 동시에 그의 입에서는 외마디 비명이 튀어나왔다.

"으악!"

시신이었다.

놀란 에드워드는 뒷걸음질 치다 재차 수면에 엉덩방아를 찧었다. 취기는 일순간 사라지고 없었다.

노아가 비명을 지르고는 당장 돌아가자고 잡아끌었다. 에드워드는 노아의 만류에도 불구하고 기어이 시신을 뭍으로 끌어냈다.

시신의 몰골은 처참했다. 팔은 관절의 반대로 꺾였고, 손가락은 녹아 문드러졌으며, 왼다리는 잘려나가 무릎 아래가 없었다. 게다가 온몸이 불에 시커멓게 타버려 성별 구분조차 어려웠다. 시신이라기보다 살 덩어리라는 표현이 보다 어울릴 듯했다.

내내 인상을 쓰던 노아가 뒷걸음질 치다 괴상한 소리와 함께 토사물을 쏟아냈다.

"그렇게 비위가 약해서 어떻게 배양사가 된 거야."

에드워드가 빈정거리며 말했다.

"그거랑 이거랑 같냐……"

친구는 또 다시 역한 소리를 냈다.

에드워드는 쯧쯧, 혀를 차고는 쪼그려 앉아 시신을 들여다보았다.

그리 크지 않은 신장.

문드러진 손가락 사이에 끼워진 반지.

볼록하니 형체가 남아 있는 젖가슴 두 개.

신체의 주인은 여성인 듯했다. 순간 시신의 손가락이 움찔하는 것이 느껴졌다.

"뭐지?"

술기운에 헛것을 보았나. 에드워드는 고개를 흔들어 시선을 집중하고는 시신에 보다 가까이 얼굴을 밀착시켰다.

"어?"

놀라운 사실을 발견했다. 몸뚱이는 아기처럼 작고 가느다란 숨을 내쉬며 죽음과 사투를 벌이고 있었다. 그것은 시신이 아니었다.

"노아! 여자가 살아있어. 죽지 않았다고!"

그게 그녀와의 첫 만남이었다.

그 후로 열흘이 지났다. 흉측했던 몸뚱이는 완벽한 사람으로 창조되어 지금 눈앞에 앉아 있었다. 의심스러워하는 눈길과 냉담한 표정을 지은 채.

"어떻게 나를 쫓아왔죠?"

그녀가 왼다리를 위로 꼰 채 물었다.

"제 페이퍼를 갖고 가셨더군요. 위치가 바로 나오죠."

에일리는 바지주머니에 손을 집어넣더니 난감한 표정을 지었다.

"이게 왜 여기에……."

그녀는 당황한 듯 페이퍼를 꺼내 테이블 위에 놓았다.

"아까 그 얘길 해보죠. 내가 사망자라고 하셨죠?"

"네, 당신의 사망을 제가 최종 판정했어요."

"사망이라니요? 지금 이렇게 멀쩡히 살아 있잖아요?"

"만신창이가 된 당신을 병원으로 옮겼을 때 149세인 걸 알았어요. 곧바로 당신 몸에서 체세포와 뇌 데이터를 추출했어요. 병원 측에서는 보호자에게 연락 취했고요."

"……보호자? 혹시 제이스 말인가요?"

"네, 당신한테 큰 사고가 있었다는 것을 알리고 나서 배양시술을 진행할 거냐고 물었죠."

"그래서요?"

에일리가 상체를 가까이 숙이며 물었다. 에드워드는 괜한 말을 꺼내는 게 아닐까 싶었지만 사실대로 말했다.

"그는…… 그럴 필요 없다고 했어요."

"제이스가요?"

에일리는 충격을 받은 모습이었다. 그녀는 눈을 동그랗게 뜨고 입을 반쯤 벌린 채 아무 말도 하지 못했다.

에드워드는 잠시 뜸을 들이다 조심스럽게 말을 꺼냈다.

"에일리, 150살을 한 달도 안 남긴 사람을 위해 거액을 들이는 사람은 거의 없습니다."

그녀의 눈시울이 붉어졌다.

"그럼 그냥 죽게 내버려두지 왜 날 살렸어요?"

"사망선고까지는 상부의 명령을 따랐어요. 배양캡슐의 정지버튼 하나 누르는 것만을 남겨둔 상황이었죠."

에드워드는 지그시 눈을 감았다가 떴다.

"께름칙했어요. 내 손으로 배양한 생명을 내 손으로 죽이고 싶지 않았어요. 결국, 버튼을 누르지 못했어요. 상부에는 생명체 제거를 완료했다고 보고한 채 말이죠……"

에드워드는 말을 잇지 못하고 고개를 돌렸다.

"거짓 보고를 한 건가요?"

"그런 셈이죠."

에일리는 입을 다물었다. 에드워드는 무슨 말을 해야 할지 몰랐다.

침묵이 길게 이어지더니 그녀는 끝내 참았던 눈물을 보였다. 에드워드가 위로라도 될 만한 말을 꺼내기도 전에 그녀는 자리에서 일어나 화장실로 가버렸다.

그녀가 다시 나타난 건 10분쯤 지나서였다. 다소 진정된 모습이었다.

에드워드는 그녀의 눈을 보며 물었다.

"아까 병원에서 나가려고 했죠? 지금 밖은 경찰이 겹겹으로 깔렸어요. 제가 안전한 길을 알려줄게요."

"그럴 필요 없어요."

그녀는 고개를 저으며 말했다. 기운 없는 목소리였다.

"원래는 집으로 돌아가 제이스를 만나려 했어요. 그런데…… 이제 와 제이스를 만나 뭐하겠어요?"

그녀는 한숨을 내쉬며 말하고는, 곧바로 인상을 찌푸렸다.

"그보다 머리가 깨질 것 같아요. 두통약 좀 구할 수 있을까요?"

"그건 기억 데이터 주입에 따른 부작용이에요. 몇 개월은 좀 힘들 거예요."

"몇 개월씩이나요?"

에일리가 예민하게 반응했다.

"에일리, 아까 창고에서 저를 기절시켰잖아요. 그때 들고 있던 주사기의 약물이 부작용 치료제였어요."

그 말에 에일리는 당황스런 표정이었다.

"그런 줄도 모르고…… 미안해요."

"나중에 다시 주사해도 괜찮습니다."

그때 에일리의 눈이 갑자기 휘둥그레졌다. 무언가에 놀란 듯한 표정이었다.

그녀는 나지막하게 외마디 탄성을 터뜨리고는 자리에서 벌떡 일어났다. 그 모습에 덩달아 놀란 에드워드가 물었다.

"왜 그래요?"

에일리의 얼굴이 일그러지기 시작했다. 눈이 파르르 떨리며 입술이 삐죽삐죽 움직였다. 곧 얼굴이 무너져 내릴 것처럼 경련을 일으키더니, 그 자리에 힘없이 쓰러졌다.

"에일리!"

에드워드는 몸을 일으켜 재빨리 그녀를 부축했다.

"왜 그래요? 어디 아파요?"

그녀는 가쁜 호흡을 내쉬더니, 이내 간신히 입을 열어 혼잣말을 하듯 말했다.

"봤어요……"

"네?"

"봤다고요……"

"무슨 말이에요? 뭘 봤다는 거예요?"

"그 얼굴…… 날 죽이려던 남자의 얼굴……"

그날의 기억

촉촉하고 보드라운 감촉이 볼에 와 닿았다. 잠결에 피하려 몸을 돌리면 그쪽으로 쫓아와 볼을 건드렸다. 졸음이 한 꺼풀 벗겨지자 보드라운 것의 정체를 깨달았다. 혀다. 누군가 혀로 얼굴을 핥고 있었다.

에일리는 급히 상체를 일으켰다. 눈앞에 순하게 생긴 개 한 마리가 혀를 늘어뜨린 채 그녀를 바라보고 있었다. 꽤나 큼지막한 놈이었다. 이 녀석이었나.

또 다시 낯선 장소였다. 이번에는 넉넉한 소파 위였다. 전방에 홀로그램 TV가 있고 천장에는 구름이 흘러가고 있었다. 구름과 벽이 만나는 지점에 시계가 있었다.

12월 20일 금요일, 정오를 조금 넘긴 시각.

'여기가 어디지? 내가 왜 이곳에……'

에일리는 소파에서 조심스레 내려왔다. 몸이 깃털처럼 가벼웠다. 벽에 붙은 스위치를 눌러 하늘 스케치 영상을 끄고 방을 빠져나왔다. 큰 개가 그녀를 뒤따랐다.

방을 나가자 좌측에 아래로 내려가는 계단이 있고, 맞은편 방문 너머로 침대가 보였다. 사람은 없고 침대 위에 남성용 수트들이 널려 있는 게 시선을 끌었다. 에드워드의 집인가?

계단을 밟고 천천히 아래로 내려가자 탁 트인 거실이 눈에 들어왔다. 휑한 느낌이 드는 거실에도 역시 아무도 없었다.

에일리는 어제의 일을 복기했다. 67층이었던가. 병원 어디에선가 눈을 떴고, 머리가 깨질 듯이 아팠다. 창고에서 에드워드를 맞닥뜨렸을 때 자신을 죽이려는 것으로 오해하고 그를 쓰러뜨렸다. 그 뒤 병원을 빠져나가려다 다시 에드워드를 만났고 그와 대화를 나누던 중 의식을 잃었다. 그리고 지금, 낯선 장소에서 눈을 떴다.

꼬르륵.

배에서 먹을 것을 달라고 아우성이었다. 어제부터 아무런 음식도 섭취하지 못했다는 게 그제야 떠올랐다.

거실 끝 주방에 냉장고가 있었다. 뭐라도 있겠지 싶어 주방으로 한 발짝 발을 내디딘 순간, 현관문 열리는 소리가 들렸다. 큰 개가 멍, 짖더니 문 앞으로 달려갔다. 에일리는 몸을 움츠리며 재빨리 소파 뒤로 몸을 숨겼다.

에드워드일까? 모른다. 단언할 수 없다.

누군가 문을 열고 들어왔고 곧장 2층으로 향했다. 잠시 뒤 2층에서 그녀를 부르는 소리가 들려왔다.

"에일리!"

에드워드의 목소리였다. 에일리는 안도감을 느끼며 소파 뒤에서 빠져나왔다.

"거실에 있어요."

계단을 내려오는 에드워드가 그녀를 보자 싱긋 웃었다.

"배고프죠? 먹을 걸 사왔어요."

그는 손에 든 쇼핑백에서 무언가를 꺼냈다. 소이렌트바(soylent bar)였다. 에일리는 입술을 뾰족하게 내밀며 샐쭉한 표정을 지었다. 소이렌트 푸드는 그녀가 싫어하는 음식 중 하나였다. 아무런 맛도 없고, 단지 영양만 공급하기 위해 만들어진 소이렌트 푸드는 우주여행 때나 혹은 식사할 시간조차 없이 바쁠 때 간단하게 끼니를 때우는 음식이었다.

그녀의 생각을 알아챈 듯 에드워드가 웃으며 말했다.

"이건 맥스 거예요. 맥스!"

조금 전 그녀를 놀라게 했던 큰 개가 에드워드에게 달려가 꼬리를 흔들었다. 그가 바를 반으로 갈라 바닥에 내려놓았다. 소이렌트 푸드를 먹는 개라니. 특이했다.

"래브라도 리트리버예요. 순한 녀석이죠."

에드워드가 녀석의 이마를 쓰다듬으며 말했다.

"맥스는 일반 사료에는 입을 대지 않아요. 저희 할머니가 소이렌

트 푸드로 녀석을 길들이셨거든요."

"할머니가요? 맥스가 몇 살인데요?"

"60살이 넘었죠. 배양시술을 다섯 번이나 받았는걸요."

"다섯 번이나요?"

값비싼 배양 시술을 다섯 차례나 받았다니. 배양사를 주인으로 둔 덕에 가능했을 것이다. 에일리가 놀란 표정을 짓는 사이, 에드워드가 주방 식탁으로 걸어가며 말했다.

"재밌는 건 그렇게 해도 식성이 변하지 않는다는 거예요. 덕분에 이 녀석 식비가 장난이 아니에요. 습관이란 게 참 무섭죠?"

대답이라도 하듯 맥스가 멍, 짖었다.

"우리도 뭘 좀 먹죠."

그가 식탁 위에 꺼내놓은 것은 푸드 잉크(food ink)였다. 에드워드는 잉크를 푸드 프린팅 장비에 끼워 넣었다.

잠시 후 배양육으로 이루어진 스테이크 두 덩이가 프린트되어 나왔다. 오븐으로 스테이크를 굽자 향긋한 냄새가 집 안 가득 퍼졌다.

"이 집에 혼자 사세요?"

"맥스랑 둘이죠."

에드워드가 스테이크 접시를 내밀며 말했다.

"고마워요."

에일리는 스테이크 한 조각을 썰어 입에 물었다. 배가 고픈 데다 마음도 편해졌는지 스테이크는 더없이 맛있었다.

"그럼 가족들은요?"

"부모님 모두 나이가 차 돌아가셨어요. 배다른 형제와 따로 연락하진 않고요."

에일리는 입을 동그랗게 벌리고 수긍하듯 고개를 끄덕였다. 가족이 없는 것은 그녀도 마찬가지였다.

"저도 그래요. 나이가 150살에 가깝다 보니 부모님이 안 계시거든요. 에드워드도 그런 건가요?"

"아뇨, 저는 배양시술을 받아본 적이 없어요."

에일리의 손에 들린 나이프가 멈칫했다. 그 말은 신체 나이와 실제 나이가 같다는 말이었다.

"혹시 나이가 어떻게 되죠?"

"올해로 서른입니다. 맥스보다도 어리죠. 부모님이 130이 다 되어 저를 낳으셨거든요."

서른이라면 한참 어린 나이였다. 그녀와는 무려 119년 차이였다. 에일리는 화제를 돌렸다.

"어제 병원에서 정신을 잃은 다음 어떻게 된 거죠?"

"호버체어에 눕혀 곧장 주차장으로 이동했어요. 별다른 소란 없이 자연스럽게 빠져나올 수 있었죠. 아, 부작용 치료제도 주사했어요."

그래서 몸이 가볍게 느껴졌던 거구나!

에드워드는 물 한 모금을 마시고는 물었다.

"어제 정신을 잃기 전에 했던 말 기억나요?"

에일리는 잠시 고민하다 고개를 가볍게 저었다.

"어떤 얼굴을 봤다고 했어요."

"……제가요?"

기억이 나지 않았다. 그녀는 한동안 그게 뭐였지? 하며 기억을 되짚었다.

그러다 문득, 머릿속에서 무언가가 번쩍였다. 에일리는 용수철이 튀어 오르듯 자리에서 벌떡 일어났다. 하지만 이내 온몸의 힘이 한순간에 증발해버리듯, 맥없이 털썩 자리에 주저앉았다.

그것은 충격이자 공포였다. 분노이자 슬픔이었다.

에일리의 얼굴은 핏기 하나 없는 하얀 얼굴로 바뀌었다. 온몸에 경련이 일기 시작했다.

"에일리! 무슨 일이에요?"

에드워드가 놀라서 소리쳤지만 그녀는 아무런 말도 할 수 없었다. 왜냐하면 그것은 스스로에게 던지고 싶은 질문이었기 때문이다.

'도대체 무슨 일이 일어난 거지? 그 사람이 왜 나를……'

혼자 무언가를 골똘히 생각하던 에일리는 정신을 다잡았다. 몸 밖으로 튀어나갈 듯 크게 요동치던 심장이 천천히 진정을 되찾았다. 숨도 차츰 가라앉으며 마음이 차분해지는 느낌이었다.

에일리는 천천히 고개를 들어 에드워드를 바라보았다.

"나가서 바람 좀 쐬고 올게요."

"추운데 어딜 가시려고요?"

"멀리 가지 않을 거예요."

에드워드는 창밖에 시선을 건넸다가 다시 그녀를 바라보았다. 그의 표정과 눈빛에는 근심과 걱정, 궁금증이 깃들어 있었다. 잠시 시선을 마주하던 그는 알겠다는 듯 고개를 끄덕이고는, 장난 섞인 말투로 물었다.

"설마 그 옷으로 나가려는 건 아니죠?"

에일리는 고개를 내려 입은 옷을 보았다. 환자복이었다.

"옷장에 여자 옷이 몇 벌 있어요. 그걸 입으세요."

"고마워요."

"전 병원에 가봐야 해요."

에드워드가 다 먹은 접시를 들고 일어서며 말했다.

"당분간 여기 머물러 있어도 괜찮으니 편하게 지내세요."

"오래 있지는 않을게요."

에드워드는 바지주머니에 손을 넣어 무언가를 끄집어냈다.

"이걸 써요."

페이퍼였다.

"병원으로 옮겨졌을 때부터 몸속에 바이오칩이 없었어요."

"매번 신세만 지네요."

에일리가 페이퍼를 받아들자 에드워드가 입꼬리를 싱긋거리며 물었다.

"저도 부탁 하나만 해도 될까요?"

"뭐든지요."

"이 녀석도 데리고 가주면 안 될까요? 늘 밖에 나가고 싶어 안달이에요."

그가 맥스를 쓰다듬으며 묻자 에일리는 알겠다고 대답했다.

에드워드는 곧장 가방을 챙겨 들고 밖으로 나갔다. 에일리는 옷을 갈아입었다. 한 손에는 페이퍼를, 다른 손에는 맥스의 목줄을 쥐고 문을 열었다.

밖은 아늑한 에드워드의 집과는 상당히 대조적이었다. 그곳은 집단 주택지였다. 간간이 눈에 띄는 색색의 집 외에는 대체로 회색으로 채색된 주택들이 겹겹이 붙어 있었다. 잘 닦여 있지만 차량이나 사람의 왕래가 적어 휑한 도로는 격자로 길을 내고 있었다. 빈틈없이 제어되고 통제되는 도시 주거지의 모습. 냉랭하며 건조한 도시의 삶에 놓여진 기반이었다.

12월 칼바람이 귓불을 스치고 지나갔다. 먼 옛날에도 차가운 계절만은 그대로였겠지.

에일리는 앞섶을 단단히 여미며 다른 손으로는 페이퍼 위에 지도를 띄웠다. 집에서 멀지 않은 거리에 공원이 있었다. 맥스는 벌써부터 꼬리를 흔들고 있었다. 녀석과 함께 천천히 공원으로 향했다.

공원은 한산했다. 서리가 내려앉은 잔디밭이 보였다. 흥분한 맥스가 목줄을 팽팽히 당기는 바람에 그녀의 상체가 앞으로 기울었다.

에일리는 맥스의 목줄을 풀어주고 주변 벤치에 자리 잡았다. 그리고 눈을 감고 생각에 잠겼다. 기억해야 하고, 생각을 정리해야 했다.

사고가 있기 전부터 자신에게 벌어졌던 일들을. 또한 평범한 일상의 하나라고 생각했지만 돌이켜보면 하나하나 의미 있었던 사건들을.

퍼즐의 시작은 질문이었다.

도대체 무슨 일이 일어난 거지?

그 사람이 내게 왜 그런 짓을 한 거지?

한바탕 찬바람이 몰아쳤다. 차디찬 바람은 기억의 심연에 있는 사건의 단편들을 하나 둘 흔들었다. 에일리는 그것이 흔들리는 길로 스르르 이끌려 들어갔다. 사고가 있던 그날로.

집 근처 대로변에서 친구를 기다리던 때였다. 그날따라 화장이 마음에 들지 않아 정류장 광고판에 언뜻 얼굴을 비춰보았는데 그 순간 그녀의 홍채를 인식한 광고판이 맞춤형 광고를 틀었다.

우리 모두 최후의 만찬에 참석하여 낙원으로 갑시다.

녹음된 음성이 들려왔다. 내용이야 뻔했다. 여배우가 행복한 표정으로 안락사 주사를 받아들이면 장면이 낙원으로 바뀌었다가 이내 화면이 검게 페이드아웃 된다. 그 위로 텍스트가 떠오른다.

에일리 플로레스 님, 14일 후 만찬장에서 뵙겠습니다.

최후의 만찬. 그것은 150세 생일자를 대상으로 한 송별회 같은 것이었다. 만년을 맞이한 사람들이 의식의 주인공이고 가족을 초청하는 것이 가능하다. 무대 위 음악과 산해진미를 즐기는 것을 끝으로 생일자는 가족과 인사를 한 뒤 집행장으로 몸을 들인다. 그리고 천국으로 향한다.

148세 즈음이었던가. 그때부터 그녀의 맞춤형 광고는 언제나 안락사 참여를 독려하는 정부의 선전물이었다. 150세가 다가오니 그런 것이다. 주택과 대출 광고는 145세를 기점으로 사라졌고, 지속돼오던 식료품 광고도 148세 이후로 뚝 끊겼다. 이제는 모든 광고가 그녀에게 안락사를 종용한다.

그러려니 했다. 150세가 되는 시점에 안락사를 받아들이는 것이 세상의 당연한 이치였으니까. 나 하나쯤이야 하는 생각으로 법을 어긴다면, 수백 억 인구가 공존하는 이 세상이 유지되지 못할 것이다. 모든 사람이 이 법을 지키고 있고 그 법에는 대통령도 예외가 없었다. 당연히 거부자는 처벌의 대상이었다.

친구에게서 메시지가 왔다. 30분쯤 늦을 것 같다는 내용이었다.

30분, 결코 적지 않은 시간이었다. 특히 1분 1초가 아쉬운 그녀에겐 더욱 그러했다. 에일리는 짜증을 삭이고 알겠다고 답장을 보냈다.

수상한 남자를 만난 건 그때였다. 웬 남자가 얼굴을 불쑥 들이밀었다.

"안락사법을 어떻게 생각하십니까?"

에일리는 고개를 슬쩍 돌려 남자를 보았다. 그는 50대 중년 외모에 코에는 사마귀가 있고 여기저기가 해진 더러운 점퍼를 입고 있었다. 거지꼴이었다. 괜히 귀찮은 일에 얽매이지 않기 위해서는 대꾸하지 않는 것이 상책이었다. 그녀는 시선을 피했다.

남자는 포기하지 않고 재차 시선이 머무는 곳으로 고개를 들이대고는 같은 질문을 던졌다. 불쾌했다. 에일리는 인상을 찌푸리며 아예 등을 돌려버렸다. 자리를 피하려고 한 발짝 내딛자 남자가 등 뒤에서 툭 던지듯 말했다.

"에일리 플로레스!"

그녀는 깜짝 놀라 걸음을 멈췄다.

"잠시 대화가 가능하겠소?"

에일리는 상체를 천천히 돌렸다. 남루한 행색의 남자가 그녀를 정면으로 바라보고 있었다. 이름을 어떻게 알았는지 물어보려는 찰나, 남자가 먼저 입을 열었다.

"데릭이 보내서 왔소."

"데릭? 데릭이라고요?"

데릭이라면 이미 오래전에 돌아가신 아버지의 이름이었다.

"데릭을 만나고 싶소?"

"지금 장난하세요? 당신이 내 아버지를 어떻게 아는지 모르겠지만 이미 돌아가신 분이라고요."

"살아계십니다."

"뭐라고요? 그럴 리가 없어요! 자꾸 이렇게 귀찮게 하시면 경찰에……"

"그분의 임종을 봤소?"

남자가 강한 어조로 에일리의 말을 끊었다. 그 말이 그녀의 마음 한구석에 강하게 꽂혔다.

에일리는 머릿속으로 아버지의 최후를 떠올렸다. 임종 현장은 아니었다. 아버지는 안락사법을 거부한다는 소신을 가지고 있었고, 최후의 만찬을 얼마 앞둔 시점에 아무런 흔적도 남기지 않고 사라졌다. 그게 아버지에 대한 마지막 기억이었다. 사라진 아버지는 그 이후로 단 한 번도 연락이 없었다. 당연히 어딘가에서 붙잡혀 죽임을 당했거니 생각했다.

"임종을 보진 못했어요. 하지만 아버지는 이십 년도 전에 사라졌다고요."

"아버지를 만나고 싶거든 날 따라오시오."

그는 거의 명령조로 말하고는 뒤돌아 걸음을 걸었다.

"저기요!"

에일리가 불렀지만 이젠 남자가 그녀를 무시하고 있었다.

"저기……"

남자는 돌아보지 않고 점점 멀어져갔다. 친구가 도착하기까지 30분의 여유가 있었다. 에일리는 무언가에 이끌리듯 남자의 뒤를 쫓았다.

남자는 대로에서 좁은 길목으로 꺾어들었다. 마천루와 마천루 사잇길로 접어들어 두 블록을 지나자 폭이 좁은 골목길이 나왔다. 그곳에는 옛 건축양식을 간직한 벽돌식 건물들이 좌우로 길게 늘어서 있었다. 축조된 지 적어도 200년은 돼 보였다. 2년 가까이 살아온 동네였음에도 집 근처에 이런 골목이 있다는 사실을 그녀는 처음 알았다.

남자가 도착한 곳은 그중에서도 가장 후미진 곳에 있는 카페였다. 카페 입구에는 나무 간판이 걸려 있었는데, 검은색 페인트로 휘갈겨 쓴 조악하기 그지없는 모습이었다.

자그마한 카페 안에는 손님이 하나도 없었다. 테이블도 다섯 개가 전부였다. 남자는 카페 가장 구석진 곳에 자리 잡고는 그녀에게 묻지도 않고 주스 두 잔을 주문했다. 에일리는 테이블 맞은편 의자에 앉자마자 바로 남자에게 물었다.

"아버지를 어떻게 아시죠? 살아있다고요?"

"보여줄 게 있어요."

남자는 품속에서 사진 한 장을 꺼내들었다. 정말이지 오랜만에 보는 종이사진이었다. 에일리는 고개를 내밀어 사진을 들여다보았다. 어린 소녀를 목마 태운 젊은 남자가 눈에 들어왔다. 소녀와 남자는 환히 웃고 있었다.

그것은 그녀가 백 년도 더 전에 찍은 사진이었다. 사진 속 어린 소녀는 그녀였고, 아이를 목마 태운 청년은 젊은 시절의 아버지였다. 에일리는 숨이 가빠오는 걸 느꼈다.

주스 두 잔이 나왔다. 에일리는 단숨에 주스를 들이켜 타는 갈증을 삭이고 남자에게 물었다.

"이 사진 어디서 났어요?"

"데릭이 주셨소."

"정말로 아버지가 살아있는 거예요?"

남자는 고개를 끄덕였다.

"지금 어디 계세요? 어디가면…… 만날 수……"

스르르 눈이 감겨왔다. 의식이 그녀에게서 달아나는 것 같았다. 순식간에 벌어진 일이었다.

맥스가 멍, 짖었다. 그 소리에 에일리는 번뜩 정신이 들었다.

놀아달라는 걸까.

60년을 살았다는 개가 제 목줄을 입에 문 채 꼬리를 흔들고 있었다. 벤치에서 일어나자 잊고 있던 한기에 절로 목이 어깨 안으로 움츠러들었다.

에일리는 공원을 걸으며 아버지의 모습을 떠올렸다. 죽은 줄 알았던 아버지가, 150세를 얼마 남기지 않은 지금 소식을 보내온 것이다. 최후의 만찬이 있기까지 앞으로 이틀 남았다.

갑자기 맥스가 속도를 냈다.

"어, 잠깐만!"

맥스는 멈출 생각을 하지 않았다. 에일리의 두 다리에도 힘이 실렸다. 갑자기 달리려니 다리가 뻐근해졌다.

속도가 더욱 빨라졌다. 그녀가 낼 수 있는 최고속도에 도달했다.

그렇게 1분을 달렸다. 공원이 끝나가고 있고, 정류장과 도로가 눈에 들어왔다.

"그만, 맥스."

말을 알아들었는지 맥스가 달리기를 멈추었다. 에일리는 허리를 숙여 두 손을 무릎에 지고 거친 숨을 몰아쉬었다. 심장이 쿵쾅쿵쾅, 거칠게 박동하는 것이 느껴졌다. 힘들지만 상쾌했다. 이런 속도로 달려본 게 대체 얼마만인가. 30년도 더 전의 일처럼 느껴졌다. 그러니까 기억조차 나지 않는 것이다.

90년도 더 전의 일이다. 실제 나이 55세이던 때 생애 최초로 신체 전신 배양을 받았다. 그때 한차례 20세의 몸으로 돌아간 뒤 3, 40년을 주기로 다시금 20세의 몸으로 돌아가곤 했다. 최근 에드워드에게 배양받은 일을 제하면, 가장 근래 받았던 신체 배양은 실제 나이 117세였을 때였다.

에일리는 이마에 맺힌 땀을 손바닥으로 쓸며 허리를 일으켰다.

그때였다. 근처 정류장에 세워져 있던 광고판이 붉게 물들며 위잉, 위잉, 경보음을 울렸다. 옆을 지나던 사람들이 걸음을 멈추었다.

무슨 일인가 싶어 광고판을 확인하니 빨간색 화면 위로 한 여자의 얼굴이 모노톤으로 그려져 있었다. 그 위에 텍스트가 떠올랐다.

거수자 감지, 경찰에 신고 요망

화면 속 여자는 에일리였다. 찌릿한 전기가 등골을 스치는 듯했다.

머리에 앞서 다리가 먼저 반응했다. 에일리는 지금껏 왔던 길을 되돌아 달렸다. 심장이 채 진정되기도 전에 두 번째 전력질주가 시작된 것이다.

"여자가 공원으로 도망친다!"

누군가 뒤에서 소리쳤다. 이미 경찰에 신고가 들어갔을 것이다. 어서 자리를 떠야 한다. 심장에 무리가 오고 있었지만 지금은 달려야 했다. 어차피 20세의 몸, 그 정도쯤 버텨낼 것이다. 그녀의 맘을 아는지 모르는지 맥스가 꼬리를 흔들며 그녀를 바싹 뒤쫓고 있었다.

에일리는 쉬지 않고 달렸다. 에드워드의 집 앞 현관에 도착하자마자 주위를 살폈다. 다행히 추적자는 없는 듯했다. 그녀는 에드워드가 알려준 비밀번호를 입력하고 안으로 들어가 문을 걸어 잠갔다. 숨이 턱 밑까지 차오르고 있었다.

먼저 거실 시계를 확인했다. 12월 20일이었다.

나이는 149세가 확실했다. 이틀 뒤인 22일이 되어야 150세가 된다. 아직 거부자가 아니다. 그런데 어째서 경보음이 울린 것일까?

에일리는 방금 있었던 일을 곰곰이 그려보다가 무언가를 깨달았다. 붉게 물든 광고판에 떠오른 단어는 거부자가 아닌, '거수자' 였다. 생소했다. 안락사를 거부하는 거부자란 말은 들어봤어도 거수자는 처음이었다. 단어 그대로 이해하면 '거동이 수상한 자' 라는 뜻이다. 하지만 어떠한 이유에서 그녀가 거수자가 됐는지는 알 수 없었다.

거실에서 원을 그리며 고민을 지속하던 에일리는 문득 어제 에드워드가 병원 문을 나서지 말라고 만류했던 일이 생각났다. 에드워드는 정문을 지나는 순간 홍채인식기가 사망자를 발견할 것이라고 했다.

혹시 광고판에 경보음이 울린 것도 비슷한 이유에서일까? 사망자의 신분으로 거리를 활보하니 거수자가 된 것일까?

그게 맞는 것 같다. 그 생각 외에 다른 가능성은 딱히 떠오르지 않았다. 어찌됐든 지금부터는 거리도 마음껏 다닐 수 없게 된 것이다.

당혹스러웠다. 애초의 계획은 남은 시간, 지인들을 만나며 차분하게 인생을 정리하는 것이었다. 그런데 사고를 당해 일이 상당 부분 궤도를 벗어나 있었다. 이대로는 만찬장에 발을 들이기는커녕 그 전에 경찰에 붙잡히게 될 게 뻔했다.

모든 일의 발단은 아버지를 알고 있다던 그 남자였다. 에일리는 그때 그 카페에서 의식을 잃었다.

다시 정신을 차렸을 때 그녀는 눈이 가려진 채 의자에 묶여 있었다.

'누구지? 나를 왜……'

에일리는 정신이 번쩍 들었다. 누군가에게 납치를 당한 모양이었다.

카페로 자신을 이끌었던 남자가 의심스러웠다. 남자가 건넨 주스를 마신 뒤 정신을 잃었던 것 같다.

지금 가장 중요한 건 이곳이 어디인지 알아야 한다는 것과 구조요청이 필요하다는 것이었다. 앞이 보이지 않아 귀를 통해 들어오는 소리에 신경을 집중했다. 남자 서넛이 먼발치서 대화를 나누고 있고, 그보다 먼 거리에서 철문이 끼익, 하는 금속성 소리를 길게 끌며 여닫히는 소리를 냈다. 소리로 가늠컨대 거대한 공간 안에 있는 듯했다. 만약 여기가 창고라면 공장처럼 넓고 높고 게다가 대부분 비어 있을 것 같은 느낌이었다. 소리가 울려서 들렸기 때문이다.

에일리는 뉴로넷 접속을 시도했다. 위치를 확인한 뒤 경찰에 구조를 요청하려 했다. 걱정하고 있을 제이스에게도 메시지를 보내야 했다.

그런데 이상했다. 어찌된 일인지 네트워크에 접속이 되지 않았다. 149년을 살며 이런 적은 없었다.

그러고 보니 뒷목이 얼얼한 것이, 아무래도 바이오칩에 문제가 생긴 것 같았다. 불길한 생각에 두 손이 부들부들 떨려왔다. 대개 범죄자가 사람을 납치하면 가장 먼저 하는 일이 칩을 제거하는 일이다.

어느새 발소리가 다가오고 있었다. 심장이 쿵쾅거리고 머리카락이 곤두섰다. 곧 남자의 목소리가 들렸다.

"마취에서 깨어났나 봐요."

"이럴 줄 알았어. 그 자식은 대체 뭐 하는 거야! 당장 연락해봐."

버튼음이 울리더니 지지직거리는 소리가 들렸다. 아랫사람인 듯한 남자는 어이없게도 무전기를 사용하고 있었다. 그는 누군가와 대화를 나누었다.

"곧 도착한다고 합니다."

"하여간 일처리 하고는."

죽음의 그림자가 다가오는 것 같았다. 에일리는 떨리는 손으로 의자를 꼭 쥐었다. 그리고 용기를 내어 물었다.

"…… 여기가 어디죠?"

답변이 없었다.

"저를 왜……"

에일리는 긴장한 나머지 말을 제대로 잇지도 못했다. 그때 그녀의 눈을 가리던 천이 천천히 벗겨졌다. 쏟아지는 전등 빛이 순간적으로 시야를 가렸지만 점차 사람의 형상이 눈앞에 떠올랐다.

남자 대여섯과 여자 두 명이 눈앞에 서 있었다. 그들의 행색은 모두 카페에서 만난 남자처럼 남루하고 추레했다.

눈 뜬 장소는 폐공장인 듯했다. 기계와 자재 따위가 여기저기 널려 있었는데, 주변에 그녀와 마찬가지로 의자에 포박된 채 앉아 있는 사람들이 열 명 정도 있었다. 창밖은 어둠이 짙게 내려앉아 있었다. 조직적인 범죄의 현장에 끌려와 있는 듯했다.

"제게…… 왜 이러시는 거예요?"

정적이 길게 이어졌다. 에일리는 조금 더 용기를 냈다.

"돈이 목적이라면 잘못 고르셨어요. 저는 죽을 날이 한 달도 안 남았거든요."

"돈 때문이 아니오."

대머리에 네모난 턱을 가진 남자가 말했다. 무리의 리더인 듯했다.

"그럼 왜 저를 붙잡으신 거예요?"

에일리가 다급한 목소리로 물었다. 남자는 대답대신 담배를 입에 물었다. 옆에 있던 다른 남자가 다가와 불을 붙였다.

리더는 뿌연 연기를 내뿜으며 에일리를 내려다보았다. 그런 그의 눈에 고심이 담겨 있는 듯했다. 그가 천천히 허리를 숙여 에일리와 눈높이를 맞췄다.

"대체 왜 이러는 거냐고요!"

에일리는 날을 세운 말투로 따지듯 물었다.

"미안합니다. 당신이 다시 눈을 떴을 때 모든 상황을 설명하겠소. 그 자리에 데릭이 함께 있을 거요."

의외로 리더는 그녀에게 존대하고 있었다. 그 말에 에일리는 지금의 사건이 거리에서 만난 남자와 연관이 있음을 눈치 챘다.

어쩌면 정말 죽은 줄 알았던 아버지를 만나는 일이 벌어질지도 모른다. 그렇다면 두려운 기색을 드러낼 필요가 없었다. 위해를 해오지 않는 이상 이들에 순응하는 편이 나을지도 모른다. 더욱이 이들은 돈을 노리고 납치를 일삼는 흉악한 범죄자들로 보이지는 않았다. 오히려 무언가에 쫓기는 듯 불안한 모습이었다.

옆에 있던 철문이 열리는 소리가 들렸다.

"이제 도착했나 봅니다."

리더의 담배에 불을 붙였던 남자가 말했다. 그곳에 있는 사람들 모두가 문 쪽으로 고개를 돌렸다.

그 순간, 탕, 총격음이 들렸다.

소리와 동시에 의자에 포박된 한 남자가 머리에서 피를 쏟으며 고개를 떨구었다.

"뭐야!"

리더가 소리쳤다.

놀랄 겨를도 없이 또 한 발의 총성이 울렸다. 이번에는 포박된 다른 남자의 다리에 총알이 박혔다. 남자가 내지르는 날카로운 비명이 공장 안에 울려 퍼졌다.

"놈들이에요! 놈들이 쳐들어오고 있어요!"

근처에 있던 여자가 소리쳤다.

몇 발의 총성이 더 이어졌다. 주변이 순식간에 아수라장으로 변했다.

에일리는 철문으로 고개를 돌렸다. 총을 든 일당이 보였다. 전투용 드로이드도 한 기 섞여 있었다.

그리고 그곳에, 낯익은 남자가 서 있었다.

제이스였다.

사건현장

산적한 업무를 처리한 뒤 연구실로 돌아온 에드워드는 가운을 벗어 소파에 걸쳐놓았다. 뜨거운 물을 머그잔에 받아 고분자 캡슐을 넣어 차를 한 잔 우려냈다. 향긋한 차를 한 모금 음미하니 머리가 맑아지며 스트레스가 가시는 게 느껴졌다.

홀로 집에 있을 에일리가 생각났다. 맥스와 잘 있으려나.

에드워드는 머릿속에 텍스트를 떠올렸다.

'별일 없죠? 혹시 무슨 일 있으면 연락줘요.'

메시지는 에일리에게 건넸던 자신의 페이퍼로 전달됐다.

차 한 잔을 비우는 동안 답장은 오지 않았다.

에드워드는 연구실 중앙에 홀로그램 화면을 띄웠다. 이번 한 주 동안 처리한 배양시술 건이 화면에 길게 나열되었다.

모두 합쳐 148건이었다. 심장과 폐, 간과 같은 장기의 재건이 17건, 손가락이나 팔다리 등 신체 일부의 재건이 21건, 나머지 110건이 신체 전신배양이었다. 이번에도 전신배양 건수가 월등히 높았다.

배양사가 된 지 이제 2년. 경험상 전신배양 의뢰자는 노쇠한 신체를 가진 사람들이 대부분이었다. 에일리의 경우처럼 생명 구제를 목적으로 한 시술은 드물었다. 때문에 2년 동안 그녀처럼 망가진 신체를 본 적이 없었다. 불타버린 덩어리에서 지금의 에일리가 탄생한 것을 생각하니 경이로울 뿐이었다.

그때 죽어가는 그녀를 들쳐 업고 병원에 도착한 시간이 새벽 4시쯤이었다. 에드워드는 그녀의 목숨이 언제 끊어질지 알 수 없어 곧바로 시술에 들어갔고, 작업은 동 틀 무렵이 되어서야 끝이 났다. 배양은 성공적이었다.

그가 뿌듯한 마음으로 병원 입구에서 찬바람을 맞이할 때 머릿속에 알람이 울렸다. 팀장의 연락이었다.

'배양을 멈춰.'

'네? 이미 작업을 다 마쳤는데요.'

'벌써?'

팀장은 뜸을 들이다 말을 이었다.

'괜한 짓을 했어. 보호자가 살리길 원치 않는다고.'

칭찬을 기대했건만, 팀장의 말은 허탈함 그 자체였다.

'돈이 문젠가요?'

'그 여자, 149살이야. 죽을 날이 한 달도 안 남았어.'

이유는 명확했다. 보호자의 입장에서는 비싼 돈 들여 배양해봐야 곧 죽을 사람이니, 그냥 이대로 보내길 원한다는 것이었다. 보호자가 내린 결정을 우선한다는 게 병원의 방침이었다.

문제의 배양캡슐 앞에 선 에드워드는 캡슐 내부를 바라보았다. 투명한 원통형 유리관 안에 핏기 어린 걸쭉한 덩어리가 물의 흐름에 몸을 맡긴 채 모였다 흩어지기를 반복하고 있었다. 세포가 분화하는 것이었다. 분화의 종착지는 물론, 완벽한 형태의 인간이다.

에드워드는 정지버튼을 누르지 않았다. 이미 배양 작업을 모두 완료한 뒤였고 그대로 두면 캡슐 내부에서 저절로 성체가 만들어질 터였다. 완성된 모습을 보면 간혹 마음을 바꾸는 보호자들이 더러 있다. 그걸 노리기로 했고, 팀장도 그리하라 말했다.

그로부터 일주일이 지난 후, 같은 장소에 선 에드워드는 넋을 잃고야 말았다. 그는 흔들리는 동공을 애써 다잡으며 창조물에 시선을 고정했다.

수용액의 흐름에 따라 일렁이는 금빛 머리카락, 그 사이로 드러난 고운 얼굴. 시선이 그녀의 몸을 타고 서서히 아래로 내려갔다. 하얗고 가녀린 목선과 봉긋하게 솟은 가슴 그리고 잘록한 허리와 곧게 뻗은 팔다리가 보였다.

에드워드는 감탄했다. 창조물은 이성의 본능을 자극하기에 충분할 만큼 아름다웠다. 에드워드도 예외는 아니었다. 눈앞의 여자는 그가 배양한 역대 창조물 중 가장 놀라운 성과임에 틀림없었다.

에드워드는 바로 보호자에 연락을 취했다. 일주일 전과 동일한 답

변을 들었다. 그녀를 되살릴 계획이 없으니 파기해달라는 주문이었다.

고민에 잠겨 있을 때 에일리의 메시지가 도착했다.

'오늘 몇 시쯤 퇴근하세요?'

'곧 퇴근해요.'

'부탁 하나만 해도 될까요?'

'말씀하세요.'

'저를 처음 발견했다는 그 장소에 데려다줄 수 있나요?'

에드워드는 잠시 머뭇거리다가 생각을 이었다.

'그야 어렵지 않아요. 그런데 괜히 아픈 기억 건드리는 건 아닌지 모르겠어요.'

'꼭 좀 확인할 게 있어요. 부탁할게요.'

에드워드는 알겠다고 응답한 뒤 연구실을 빠져나왔다.

주차장을 향해 걷는데 머릿속에 벨소리가 울렸다. 누군가 통신을 걸어온 것이었다. 에일리가 아니었다. 발신자는 모르는 사람이었다.

'여보세요.'

'안녕하세요? 에드워드 씨죠?'

'맞는데요. 누구시죠?'

'저는 버지니아 경찰청 소속 매튜 요원입니다.'

느닷없는 경찰의 통신에 에드워드는 고개를 갸웃했다. 엘리베이터에 탑승해 주차장이 있는 150층을 누른 뒤 다시 대화를 이어갔다.

'경찰이요? 무슨 일인가요?'

'에일리 플로레스라는 사람을 아십니까?'

전혀 생각지도 못한 질문이었다. 경찰로부터 그녀의 이름이 나올 줄이야. 답변을 머뭇거리는 사이 매튜 요원이 말을 이었다.

'나이가 149살이더군요. 혹시 그녀를 배양하셨나요?'

뭐라 대답을 해야 할지 몰랐다. 에드워드는 생각할 시간을 벌고자 빠한 질문을 던졌다.

'방금 이름이 뭐라고 하셨죠?'

'에일리 플로레스요.'

음…….

에드워드는 뜸을 들였다.

'일일이 환자의 이름을 기억하진 못해요. 무슨 일로 그러시죠?'

'구체적인 얘긴 직접 만나서 나눴으면 합니다. 지금 시간 있죠?'

시간이라면 있다. 다만 이 께름칙한 경찰과 만날 마음이 없을 뿐이었다.

'제가 지금 바쁩니다. 급한 작업에 들어가야 해서요. 나중에 다시 연락드릴게요.'

에드워드는 서둘러 통신을 끝냈다. 통신이 재차 머릿속에서 울렸지만 수신하지 않았다. 알람음은 1분간 이어지다 끊겼다.

버지니아 경찰청의 매튜 요원이라 했나. 어떻게 에일리의 존재를 알았을까. 에드워드는 집으로 돌아오는 내내 고민했지만 끝내 답을 찾지 못했다.

집 앞 마당에 도착한 에드워드는 에일리가 탑승하자마자 다짜고짜 물었다.

"에일리, 경찰한테 연락이 왔었어요."

"경찰이요? 뭐라던가요?"

에일리가 눈을 동그랗게 뜨며 물었다.

"저한테 당신을 배양했냐고 묻더군요."

"그래서요? 사실대로 대답했나요?"

"아니요, 일단은 모른다고 둘러댔습니다."

에드워드는 차량 자동주행 시스템에 목적지를 입력했다. 에일리를 처음 발견했던 웨스트버지니아 주 소재 협곡이었다.

"경찰 쪽에서 당신이 살아있다는 걸 어떻게 알았을까요?"

"혹시 그것 때문인가······."

에일리가 아랫입술을 잘근 깨물었다. 에드워드가 의문스런 눈길을 보내자 그녀가 말을 이었다.

"오늘 공원에서 광고판을 봐버렸어요. 요란한 경고음이 울리더군요. 바로 도망쳤는데 아무래도 시스템에 걸려들었나 봐요."

두 사람은 동시에 탄식을 내뱉었다. 그녀의 존재가 경찰망에 걸려든 듯했다.

둘의 대화는 거기서 끝났다. 에일리는 쓸쓸한 표정을 한 채 창밖으로 시선을 돌렸다. 차량 전면 유리에 떠 있는 지도는 목적지까지 10분 남았다고 알려주었다.

잠시 뒤 차량 아래로 거대한 협곡이 드러났다. 전방에 구릿빛의 뉴 리버 고지 다리(New River Gorge Bridge)가 거대한 위용을 뽐내는 것이 보였다. 대교는 중심부 우측 난간이 파손되어 보수공사가 진행 중이었다.

차량은 다리 밑을 통과하여 1분여를 더 달려 물길이 꺾이는 지점에서 멈춰 섰다. 그곳이 에일리가 발견된 지점이었다.

호버카가 뭍으로 착륙하자 두 사람이 땅을 밟았다. 바닥은 온통 자갈밭이었다. 오랜 시간 물길에 다듬어진 둥그스름한 자갈들. 에드워드는 자갈과 물이 닿는 경계선으로 다가갔다.

"여기예요."

에드워드는 덤덤하게 말했다.

"저만 있었나요? 차는 없었고요?"

"네, 없었어요. 발견 당시는 밤이었고 짙은 안개가 껴 있었어요. 지금 서 있는 곳 외에는 아무것도 보이지 않았습니다."

에일리는 대교에서 현 위치로 이어지는 물길에 시선을 건네며 물었다.

"몇 시쯤 발견했죠?"

"12월 8일 새벽 3시쯤이었어요. 병원에 도착한 시간이 4시였고요."

에드워드는 에일리를 바라보았다. 궁금했지만 차마 묻기 어려웠던 것이 하나 있었다. 그는 사고의 원인이 궁금했다.

"…… 그날 무슨 일이 있었던 건가요?"

"그건……"

에일리는 여전히 시선을 물가에 두며 말을 이었다.

"그건 살인사건이었어요."

"살인이요?"

그녀의 말투는 무덤덤했다. 그런 태도가 오히려 더 섬뜩하게 느껴졌다.

"대체 누가 그런 겁니까?"

"에드워드도 아는 사람일 거예요. 제이스요."

"제이스? 보호자요?"

충격적이었다. 살인사건도 놀라운데 보호자가 범인이라니.

"어떻게 하실 거예요?"

에일리가 주머니에서 페이퍼를 끄집어내 화면을 보여주었다. 화면 위에는 현 위치에서 그리 멀지 않은 곳의 지도가 펼쳐져 있었다.

"에드워드, 전 바이오칩이 없어요. 누군가가 절 납치해서 제거했어요. 제이스가 사건을 일으키기 전에요."

"납치요? 그런 일을 저지른 사람들은 또 누구죠?"

"저도 모르겠어요."

에드워드는 에일리의 상황이 결코 간단치 않다는 것을 깨달았다. 납치에다 살인사건으로 목숨이 위태로운 지경까지 몰렸다면 여기에 얼마나 심각한 내막이 있을지 짐작하기도 어려웠다.

그는 궁금한 것이 많았지만 그 이상의 질문은 삼갔다. 복잡한 일에 얽히고 싶지 않았다기보다는 그녀조차 정확한 정황을 모르는 것처럼 보였기 때문이다.

"괴한들이 칩을 제거했지만 계정까지 삭제하지는 못했어요. 제 아이디와 비밀번호는 알 수 없었을 테니까요."

"그렇죠. 보안이 몇 겹으로 둘러싸여 있으니까요."

"에드워드가 준 페이퍼로 내 계정에 들어가 봤어요. 그랬더니 그 안에 제가 사고를 당하던 날의 동선이 그대로 들어 있었어요."

에드워드는 페이퍼 화면을 들여다보았다. 지도 위에 붉은 선이 구불구불하게 그려져 있었다.

"바이오칩의 동선이군요."

"맞아요. 여기 동선이 끊긴 지점이 바로 칩이 제거된 장소예요."

에일리가 검지로 화면 한 구역을 확대했다.

"바로 여기죠."

확대된 지도 위에는 폐공장이 있었다.

"에드워드, 지금 여기로 갈 수 있을까요? 이제 곧 해가 져요."

에드워드는 시계를 보았다. 오후 6시를 향해 가고 있었다. 12월의 해는 짧다.

"가는 건 문제없어요. 그런데 괴한들이 있던 장소라면서요. 위험하지 않을까요?"

"저는 이틀 후면 죽을 운명이에요. 무서울 게 없죠. 걱정되면 저만 따로 내려주세요. 혼자 다녀올게요."

잠시 고민하던 에드워드는 그녀의 부탁에 응하기로 했다.

"얼른 가죠. 해가 지면 더 위험하니까요."

두 사람은 서둘러 호버카에 탑승했다. 에드워드는 페이퍼에 뜬 주소를 시스템에 입력했다. 가까운 거리였다.

　정확히 8분을 달려 도착한 곳은 폐공장에서 100미터 떨어진 곳으로, 주변에 수풀이 무성하게 우거져 있었다. 눈에 띄지 않는 적당한 장소였다. 한눈에 보기에도 버려진 지 오래돼 보이는 폐공장은 온통 잿빛으로 음침한 분위기를 자아내고 있었다.

　에드워드는 일단 차에 남기로 했다. 같이 가려 했지만 에일리는 둘이 움직이는 게 오히려 더 위험할 수 있다고 말했다. 그녀는 주변을 한 바퀴 훑어보고는 곧장 공장을 향해 걸었다.

　운전석에 앉은 에드워드는 작아져가는 그녀에게 시선을 고정했다. 시야 끝에 걸린 공장과 대비되어 그녀의 체구가 더욱 작게 보였다. 홀로 걷는 뒷모습에서 내심 안쓰러움을 느꼈다. 에드워드는 한 차례 한숨을 내쉬고는 차에서 내려 잰걸음으로 그녀를 따라잡았다.

　"여기군요, 납치된 장소가."

　에드워드를 돌아본 에일리가 입가에 작은 미소를 만들었다.

　"네, 앞에 보이는 가운데 건물이에요."

　공장은 모두 세 개의 동으로 이루어져 있었다. 그중 두 사람이 향하는 곳은 가운데 있는 B동이었다. 겉에서 보기에 창문은 모조리 깨졌고, 파손된 외벽 틈으로 내부가 드러난 곳이 군데군데 있었다. B동 입구에는 사람 키의 세 배쯤 되는 철문이 있었는데 30센티미터 정도의 틈이 벌어져 있었다.

에드워드가 앞서 문 앞으로 다가갔다. 내부에 인기척은 느껴지지 않았다. 조심스레 문틈 안으로 고개를 넣은 그는 입에서 헉, 소리가 터져 나오려는 것을 한 손으로 겨우 틀어막았다. 벽과 바닥 곳곳에 검붉게 굳은 혈흔이 난무했고 여기저기 총알 구멍이 뚫려 있었다.

에드워드는 고개를 빼고 놀란 눈으로 그녀를 바라보았다.

"여기서 대체 무슨 일이 있었던 거예요?"

토끼눈을 뜨고 놀라워하는 그와 달리 담담한 표정의 에일리는 그에게 옆으로 나오라 손짓하더니 안으로 들어갔다.

"에일리!"

에드워드도 그녀를 따라 공장 안으로 몸을 들였다.

"저기 쓰러진 의자 보이죠?"

에일리의 손가락이 향한 곳에 철제 의자 십여 개가 바닥을 뒹굴고 있었다. 몇몇 의자는 피범벅이 된 흉측한 모습이었다.

"저 가운데 하나에 제가 묶여 있었어요. 나머지 의자에도 사람들이 한 명씩 붙들려 있었고요."

"괴한들이 총을 쏜 거군요."

"아니요, 총을 쏜 건 괴한이 아니에요. 나중에 또 다른 일당이 쳐들어오더니 총을 난사했어요."

"또 다른 일당이요?"

"네, 그 일당과 저를 납치했다는 괴한들이 한바탕 총격전을 벌였어요. 여기 있는 혈흔은 모두 그때 생긴 거고요."

공장 내부의 혈흔은 크게 두 군데서 군집을 이루고 있었다. 하나는 두 사람이 발을 딛고 있는 철문 입구였고 다른 하나는 건물 중심부였다.

"쳐들어온 일당은 어떤 사람들인가요?"

"그쪽이야말로 확실한 범죄 집단이었어요. 오히려 처음에 괴한이라 생각했던 사람들은 저희를 보호하려 했고요."

에드워드는 잘 이해가 되지 않았다. 머릿속이 복잡해지고 있었다.

"칩을 제거한 사람들이 오히려 보호를 해주었다고요?"

"네, 저도 이해가 안 돼요."

에일리가 중앙에 난 혈흔으로 걸어가며 말을 이었다.

"확실한 건 그 사람들 덕에 제가 지금 살아있다는 거예요. 총탄이 오가던 그때 한 여자가 저를 데리고 몰래 공장을 빠져나갔거든요."

"그럼 이곳에 당신의 혈흔은 없겠군요."

"모르죠. 뒷목에서 계속 피를 흘렸으니 어딘가 떨어졌을 수도."

에드워드는 그녀의 뒤를 따르며 물었다.

"공장을 나간 다음에는 어떻게 됐나요?"

"같이 나온 여자가 저만 차에 태워 어딘가로 출발시켰는데 그때 정신을 잃었어요. 피를 흘려서 그런 건지, 충격 때문에 그런 건지……"

"차가 향한 곳이 어디였는데요?"

"모르겠어요."

에일리는 힘없이 고개를 저었다.

"가장 충격적이었던 건……"

그녀는 깊은 한숨을 내쉬었다.

"이곳을 습격한 일당 가운데 제이스가 있었다는 거예요."

에드워드는 벌린 입을 다물지 못하다가 작은 목소리로 말했다.

"…… 그런 엄청난 일을 겪은 줄 미처 몰랐어요."

에일리는 대답이 없었다. 에드워드도 더 이상 묻지 않았다.

다른 사람도 아니고 사랑했던 애인이 자신을 죽이려 했다는 사실만으로도 큰 충격을 받았을 것이다. 그 충격이 가시는 데 적잖은 시간이 필요할 듯 보였다.

에일리는 한동안 공장 구석구석을 둘러보다가 내부가 충분히 어두워지고 나서야 차로 돌아가자고 말했다.

"괜찮아요?"

"제겐 충격의 시간조차 사치예요. 만찬이 이틀 뒤예요. 죽기 전에 반드시 범인들의 정체를 밝혀야겠어요. 또 이 모든 일들이 왜 일어났는지, 이 일에 내가 왜 말려들어간 건지도 알아야 하고요."

그녀의 말과 표정에 결연함이 엿보였다. 그것은 단순한 감정이 아닌, 냉철한 판단과 이성으로 움직이는 의지였다. 그 모습에 오히려 에드워드가 위안을 얻을 정도였다.

그때 육중한 문이 끼익, 소리를 냈다. 에드워드는 반사적으로 걸음을 멈추며 한 손으로 에일리의 손목을 붙잡았다.

철문을 보니 문이 안쪽으로 조금 열리다가 남자의 두꺼운 팔과 다리가 불쑥, 내부로 들어왔다. 얼핏 보기에도 덩치가 비대한 남자였다. 그는 불룩 튀어나온 배가 문에 걸려 아직 얼굴과 몸의 대부분이 안으로 들어오지 못하고 있었다.

에드워드와 에일리는 두려움과 동시에 당황스러움을 느끼며 입구를 주시했다. 이윽고 힘겹게 몸 전체를 내부로 들인 남자와 눈이 마주쳤다.

더벅머리에 지저분한 점퍼 차림의 남자는 오히려 저가 더 화들짝 놀라 어깨를 들썩거렸다.

남자는 통통한 오른손을 뒷주머니로 가져가더니 이내 무언가를 시멘트 바닥 위로 떨구었다. 총이었다. 그가 황급히 무기를 주워들며 소리쳤다.

"소, 손들어!"

남자는 두 눈을 크게 뜬 채 부들부들 떨리는 손을 두 사람에게 내밀고 있었다. 그는 산만 한 덩치와는 달리 소심하고 불안정해 보였다.

"혹시 휴머니스트인가?"

"예?"

"휴머니스트냐고!"

에드워드는 무슨 말인지 몰라 에일리의 얼굴을 바라보았다. 그녀는 정면의 덩치를 똑바로 쳐다보고 있었다.

"우, 움직이지 마!"

남자는 한 손에는 총을 쥔 채, 다른 손으로 주머니를 더듬거렸다.

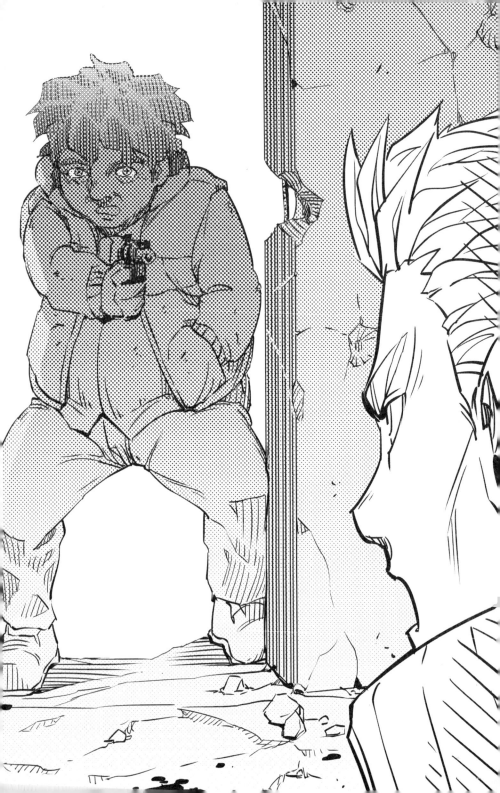

그가 어렵사리 주머니에서 꺼내든 건 손전등 모양의 홍채인식기
였다. 인식기가 에일리와 에드워드를 향해 한 차례씩 깜빡거렸다.

"곧 죽을 놈과 애송이 녀석이군. 혹시 나를 신고했나?"

남자가 싸늘하게 굳은 표정으로 묻자 에드워드가 '네?' 하고 되
물었다.

"수상한 자가 총을 겨누고 있다고, 벌써 경찰에 신고를 했느냔 말
이다!"

"아, 아니요. 신고하지 않았습니다."

"그 말을 어떻게 믿지?"

남자는 엄지손가락을 움직여 소총 조정간의 상태를 격발로 바꾸
었다.

"미안하지만 죽어줘야겠어. 너희들 눈에 띈 건 실수였어."

"자, 잠시만요. 정말로 신고하지 않았어요."

에드워드가 다급하게 말했다. 하지만 덩치의 눈빛은 진지했다. 그
가 진짜로 방아쇠를 당길지도 모르겠다는 생각이 들었다.

"얼마 전 이 공장에서 있었던 총격 사건을 아세요?"

조용히 있던 에일리가 처음으로 남자에게 물었다.

"그걸 어떻게 알지?"

"그때 살아난 사람이니까요."

"……정말인가?"

에드워드는 남자의 눈빛이 흔들리는 것을 느꼈다. 에일리가 차분
하게 말을 이었다.

"그때 제 칩이 제거됐어요. 또 누군가 쳐들어와 총격전이 벌어졌고요."

"젠장, 맞잖아."

그는 총을 겨눈 채로 뒷걸음질 쳤다.

"나를 여기서 봤다는 건 비밀이야. 알겠어?"

그는 입구의 벌어진 틈으로 다가가 옆걸음질로 몸을 구겨 넣었다. 이번에도 배가 문제였지만 아까보다는 수월하게 철문 밖으로 빠져나갔다.

남자의 발소리가 잦아들 때쯤 에드워드가 물었다.

"뭐죠? 저 남자."

"옷 입은 꼴로 보아 그때 그 괴한과 한 패인 것 같아요."

"괴한들이 죄다 그런 행색이었어요?"

"네, 대체로……"

에드워드는 철문으로 다가가 고개를 밖으로 내밀었다. 밖은 땅거미가 내려앉고 있었다. 남자의 모습은 보이지 않았다. 그가 뒤를 보고 손짓하자 에일리가 문으로 다가왔다.

두 사람은 공장을 빠져나와 주차된 차량을 향해 걸었다.

"아까 그 사람, 정체가 뭘까요?"

에드워드가 말했다.

"글쎄요."

에일리는 조그맣게 대답하고는 시선을 내리깔았다. 아무래도 그녀에겐 생각을 정리할 시간이 필요해보였다.

잠시 후, 두 사람이 차량에 몸을 두었을 때 에드워드는 편안한 목소리로 물었다.

"머물 곳은 정하셨어요?"

"아직……"

"그럼 계속 우리 집에 머무세요."

"고마워요. 정말로."

어느새 숲을 빠져나온 호버카는 도심에 접어들었다.

휴머니스트

창문 밖으로 오늘의 태양이 떠오르고 있었다.

밤새 잠을 설친 에일리는 소파에 누운 채 흘러가는 구름을 하염없이 바라보다가 긴 한숨을 내쉬었다. 만찬일이 하루 앞으로 다가왔건만, 아직 그녀의 마음은 죽음을 받아들이지 못하고 있었다. 아니, 좀더 솔직하게 말하자면 그녀는, 아직 죽고 싶지 않았다.

안락사를 거부한 채 살아가려면 아버지가 그랬던 것처럼(물론 아버지는 생사여부조차 모르지만) 이 세상에서 흔적도 없이 증발해버릴 필요가 있었다. 문제는 갈 곳이 없다는 점이었다. 에드워드의 집에 머무는 것도 오늘이 마지막이라는 생각이었다. 더 이상 그에게 부담을 줄 수 없었다.

"에일리!"

1층에서 그녀를 부르는 소리가 또렷이 들렸다. 에일리는 한달음에 계단을 내려갔다. 현관문이 열려 있고 문 밖에 에드워드와 맥스가 있었다. 그리고 그 너머에 한 남자가 서 있었다.

"이분이 당신을 만나러 왔대요."

에드워드가 말했다. 남자의 얼굴을 본 에일리는 우뚝, 걸음을 멈춰 섰다. 순간 심장이 얼어붙는 듯했다. 문 앞에 서 있는 남자는 납치 사건이 있던 날 만났던, 코에 사마귀가 난 남자였다.

"다…… 당신이 여길 어떻게."

"데릭이 보내서 왔소."

그 남자는 또 다시 아버지가 보내서 왔다고 말하고 있었다.

"그땐 바이오칩을 제거하기 위해 어쩔 수 없었소. 이번에야말로 곧장 데릭이 계신 곳으로 이동할 겁니다."

에일리는 남자의 눈을 지그시 바라보았다. 의구심이 드는 건 당연했다. 남자를 따라 도착한 허름한 카페에서 그가 건넨 음료를 마신 뒤 정신이 혼미해졌고, 다시 눈을 떴을 때는 위험한 공장이었으니.

그를 신뢰할 수 없었다. 하지만 곧 150세가 되는 에일리로서는 그의 제안을 간단히 뿌리치기도 어려웠다. 한 번 더 남자의 말을 들어보기로 생각하고 물었다.

"거리가 얼마나 되죠?"

"꼬박 사흘은 쉬지 않고 걸어야 할 겁니다."

"걷는다고요? 차가 아니고요?"

"그런 것 없소."

그때 잠자코 있던 에드워드가 대화에 끼어들었다.

"제가 데려다줄게요. 마침 주말 내내 비번이니까요."

남자는 고민하는가 싶더니 고개를 끄덕였다. 에일리는 마다할 이유가 없었다. 에드워드에게 진심으로 고마움을 느꼈다.

남자를 현관에 남겨둔 채 에일리와 에드워드는 간단히 채비를 하고 돌아왔고, 세 사람을 태운 호버카가 하늘로 날아올랐다.

"이 주소를 입력해주시오."

남자는 주소가 적힌 종이를 에드워드에게 건넸다.

"운행이 끝나면 필히 저장된 목적지를 지워야 하오."

에드워드가 알겠다고 대답하며 계기판에 주소를 입력했다. 그러자 차량 전방을 투사하던 앞 유리 위로 지도가 떠올랐다. 목적지는 현재 위치에서 북쪽으로 300킬로미터 정도 떨어진 곳이었다. 한 시간이면 닿을 거리였다.

에드워드가 옆으로 고개를 돌리며 물었다.

"데릭이 누군가요?"

"그 이름을 함부로 부르지 마시오."

뒷좌석에 앉은 남자가 흥분하여 말했다.

"제 아버지예요."

"아버지요? 부모님 모두 돌아가셨다면서요?"

에드워드는 혼란스런 표정으로 에일리를 바라보았다.

"저도 그런 줄 알았어요. 그런데……."

그녀는 뒤를 돌아 남자를 보았다.

"정말로 살아계신 거예요?"

"그렇다고 몇 번을 말했습니까."

"들으셨죠? 저분이 아버지가 살아 계시대요. 저도 실제로 보기 전까지는 못 믿겠어요."

"그럼 저분은 누군데요?"

에일리는 대답을 하지 못했다. 그녀 역시 뒷좌석에 앉은 남자에 대해 아는 것이 전혀 없었기 때문이다. 그녀는 다시 돌아보았다.

"당신은 어떻게 아버지를 알죠?"

남자는 에드워드가 앉은 쪽을 힐끔 보더니 입을 열었다.

"나중에 따로 얘기하겠소."

그는 고개를 돌려 창밖으로 시선을 건넸다. 에일리도 더 이상 묻지 않았다.

어느덧 도시를 빠져나온 호버카는 산줄기와 맞닿은 숲 위로 접어들었다. 겨울임에도 잎이 제법 무성한 소나무과 나무가 끊임없이 이어졌다. 시간이 지날수록 나무의 밀도가 점점 더 촘촘해지는가 싶더니, 목적지에 다다랐을 때는 차량이 착륙할 지점을 찾느라 애를 먹어야 할 정도였다. 에드워드가 차량을 수동으로 운전하여 소나무 군락 사이의 틈을 발견한 뒤에야 세 사람은 지면을 밟을 수 있었다.

공기는 상쾌했다. 축축한 소나무 향내가 났고 머지않은 곳에서 물소리가 들려왔다. 드높이 솟은 나무가 햇빛을 가려 주변이 저녁처럼 어두컴컴했다. 말 그대로 숲의 한가운데였다.

남자는 제자리에서 한 바퀴를 돌아 주위를 확인하고는 자신을 따라오라 말했다. 에드워드는 앞서가는 남자의 뒷모습과 에일리의 얼굴을 번갈아보았다. 에일리는 한 차례 고개를 끄덕이고는 남자를 뒤따랐다.

10여 분을 걸었다. 그녀가 걷는 길 위에 표식이 된 나무나 바위 같은 건 없었다. 주변 어느 곳에도 사람의 흔적은 보이지 않았다. 그럼에도 앞서가는 남자는 아랑곳하지 않고 거침없는 걸음을 내딛고 있었다.

정말 이런 곳에 아버지가 있는 것일까?

또 다시 위험한 곳으로 안내하는 것은 아닐까?

그녀의 머릿속에 슬그머니 의심이 차오르기 시작했다.

그때 총성이 울렸다. 푸드득, 새들이 날아올랐다. 세 사람이 동시에 걸음을 멈추었다.

이어 두 번째 총성이 울리더니 근처 나무기둥에서 푹, 박히는 소리가 났다. 에일리는 날카로운 비명을 내뱉으며 바닥에 주저앉았다.

"피해요! 저격수가 있어요."

에드워드가 나무 뒤로 몸을 숨기며 소리쳤다. 다급한 외침에 에일리는 가슴이 바닥에 닿도록 엎드렸다. 그러고는 근처 바위가 있는 곳으로 낮은 자세로 기어간 다음 두 손으로 머리를 감싸고 최대한으로 몸을 웅크렸다.

이번엔 또 무슨 일이 벌어지는 걸까. 어찌할 바 몰라 두려움에 떨고 있는데, 바닥으로 고정된 그녀의 시야에 남자의 발이 불쑥 들어왔다. 고개를 위로 치켜드니 에드워드의 뒷모습이 보였다.

그런데 문제가 있었다. 에드워드는 머리 위로 양 손을 바싹 치켜들었고, 그 너머에서 한 무리의 사람들이 총을 겨누고 있었다. 하나같이 지저분한 행색을 한 그들은 모두 거부자인 듯했다. 지금껏 동행했던 남자 역시 그들 무리 사이에 섞여 있었다. 그가 코에 난 사마귀를 긁으며 말했다.

"쏘지 마시오. 데릭의 지시로 데려온 사람이오."

총을 든 사람은 모두 셋이었다. 그중 서열이 가장 높아 보이는 남자가 두꺼운 담배를 입에 물며 물었다.

"둘 다 휴머니스트요?"

"아니, 여자 쪽만."

그가 담배 연기를 뱉어내며 총구를 에드워드에게 들이밀었다.

"그럼 이쪽은?"

"거긴 아니오."

무리의 리더 격인 남자가 에드워드를 빤히 쳐다보다가 물었다.

"몇 살인가?"

"서른…… 입니다."

"애송이군."

리더가 웃자 뒤에 나머지 둘도 총을 흔들며 따라 웃었다.

리더는 총구로 에드워드의 가슴과 등을 찌르며 한 바퀴 돌더니 에일리에게 다가갔다.

"넌 몇 살이지?"

"149살."

"150이 아냐?"

"내일이면 150살이 됩니다."

"그러니까…… 예비 휴머니스트인가?"

"네, 맞습니다."

에일리 대신 대답한 건 사마귀가 난 남자였다.

리더는 고개를 부하 쪽으로 돌리더니 두 사람의 신원을 확인하라 말했다.

부하 중 하나는 총을 겨누었고 다른 하나는 홍채인식기를 꺼내들었다. 인식기는 에드워드와 에일리를 향해 두 번 깜빡였다. 부하가 결과를 보고했다.

"남자는 30살, 여자는 149살이 맞습니다. 내일 150살이 되는 것도 맞고요."

리더는 에일리에게 다가갔다.

"여자를 데리고 간다. 서른 살, 저놈은 내보내."

"잠깐만요! 저도 함께 가게 해주세요."

에드워드가 말했다. 리더는 고개를 저었다.

"휴머니스트가 아니면 데려가지 않는다."

에일리는 궁금했다. 휴머니스트라고 하는 말이 무엇을 의미하는지 도통 이해가 되지 않았다.

"부탁드립니다. 여자를 도와 이곳까지 왔습니다."

"죽기 싫으면 돌아가!"

리더는 겨누던 총을 아래로 내려 방아쇠를 당겼다. 총성이 귀를 때리며 동시에 총알이 에드워드의 발치에 와서 박혔다. 에드워드는 놀라 기겁을 하며 뒤로 엉덩방아를 찧었다.

"셋 셀 동안 꺼져. 셋, 둘……"

리더가 재차 총을 겨누며 말했다. 에드워드는 허겁지겁 일어나 뒷걸음질 쳤다.

순간적으로 에일리는 총구가 향한 방향에 정면으로 대항하고 섰다. 어디서 그런 용기가 났는지 모르겠지만, 자신을 살려주고 이곳까지 데려다준 은인을 이렇게 보낼 수는 없었다.

"그만해요. 날 구해준 사람이에요."

리더는 잠시 그녀의 눈을 바라보다가 이내 총을 허리춤에 집어넣으며 어쩔 수 없다는 듯 고개를 흔들었다.

"따라오시오."

리더와 부하들이 이동을 시작했다. 어디로 가는 건지 알 수 없었다. 다만 그곳이 데릭이 있는 장소이자 거부자들의 은신처라는 것을 짐작할 뿐이었다.

힐끔 뒤를 돌아보았다. 에드워드는 사라지고 없었다.

비슷비슷한 나무가 계속해서 이어졌다. 사마귀가 난 남자는 조금 걷다가 무리와 작별하고 따로 떨어져나갔다. 그리고도 몇 킬로미터를 더 걸은 듯싶었다.

일행이 숲을 비집고 도착한 곳은 크고 널따란 바위 앞이었다. 사람 열 명이 동시에 올라갈 정도의 크기였다. 지금껏 숲을 걸으며 보아온 바위와 별반 다르지 않았지만, 왠지 일행의 눈빛에는 비장함이 감돌았다.

리더와 부하 둘 그리고 에일리는 근처 수풀에 몸을 숨겼다.

리더는 수풀 밖으로 고개를 내어 주변을 훑어보다가 한 손으로 신호를 보냈다. 옆에 있던 부하가 조그만 기기의 버튼을 조작하자 바위가 덜컹, 하는 묵직한 소리를 냈다. 놀랍게도 수 톤에 달할 법한 돌덩이가 천천히 움직이기 시작했다. 동시에 일행의 경계가 강화됐다.

바위는 50센티미터 정도를 이동하고 움직임을 멈췄다. 바위가 지난 곳 아래로 구멍이 뚫려 있었다.

"이곳이!"

에일리가 무슨 말을 하려 하자 리더가 급히 검지를 입술에 댔다.

리더를 제외한 두 남자가 눈앞의 구멍 안으로 빨려들 듯 몸을 숨겼다. 에일리는 세 번째 차례였고, 리더가 마지막으로 구멍 안으로 몸을 들이자 바위가 제자리를 찾아 움직였다.

통로는 사람 하나가 겨우 지날 정도의 폭이었다. 수직으로 설치된 사다리가 벽을 따라 이어졌으며, 사다리 측면에는 듬성듬성 전등이 박혀 있었다.

"사다리가 미끄러우니 조심하시오. 까딱 잘못했다가 난간이라도 놓치면 다들 크게 다칠 수 있어요."

리더의 말에 에일리가 고개를 들어 위아래를 보았다.

통로는 습했다. 벽과 사다리는 온통 습기에 젖어 있었다. 사다리를 만지는 손바닥과 디딘 발에서 물기가 뚝뚝 흘러내렸다.

차가운 철제 사다리에 손이 시렸지만 그보다 참기 힘든 건 곳곳
에서 풍겨오는 악취였다. 이런 지하공간에 정화장치가 있을 리 없었
다. 오수와 동물의 배설물 따위가 몇 년에 걸쳐 퇴적되었을 것이다.
에일리는 입으로 숨을 쉬며 천천히 아래로 내려갔다.

건물 5층 높이를 수직으로 내려가자 발이 바닥에 닿았다. 그곳은
한쪽이 벽으로 막혔고 반대편으로 터널이 뚫려 있었다. 터널의 폭은
차량 하나가 너끈히 지날 정도는 되었고, 높이도 사람 키의 두 배는
되었다. 에일리는 터널 상단에 일정 간격으로 박힌 조명을 따라 시
선을 터널 끝으로 보냈다. 조도가 희미한 조명이 끝없이 이어지고
있었다.

리더가 땅을 밟자 네 사람은 터널 안쪽을 향해 걸었다. 마침 안쪽으
로부터 일행이 있는 곳으로 차량 한 대가 달려오고 있었다. 호버카가
아니었다. 네 개의 고무바퀴를 단, 기름으로 움직이는 지프차였다.

"오셨습니까."

운전자가 인사하자 리더가 고개를 끄덕였다. 일행은 곧바로 차량
에 탑승했다.

리더가 출발을 외쳤다. 차량이 엔진소리를 뿜으며 울퉁불퉁한 지
면을 달렸다. 덩달아 일행의 몸도 상하로 흔들거렸다. 차량은 커버
가 없는 탓에 습한 공기가 얼굴을 때리고 뒤로 지나갔다. 에일리의
코는 더 이상 악취를 느끼지 못했다.

"다들 여기서 살아가는 거예요?"

뒷좌석의 에일리가 리더에게 물었다. 백미러를 통해 두 사람의 눈이 마주쳤다.

"그렇소."

"이 거대한 굴을 어떻게 뚫었나요?"

"설마 사람이 뚫었겠소."

리더가 웃으며 대답했다.

"드로이드 몇 기를 땅굴에 넣고 스스로 파도록 시킨 것이오. 드로이드 다섯 대로 일 년이면 이 정도 땅굴이 되지요. 이제 곧 광장입니다."

그의 말이 끝나는 것과 동시에 차량은 반구를 뒤집어놓은 형태의 공간에 들어섰다. 에일리는 규모에 압도당해 벌어진 입을 다물지 못했다.

광장은 천장이 격납고처럼 높았다. 중앙에는 원형 단상이 있고 그 위에 네 개의 포신이 설치되어 있었다. 포신은 각각 동서남북 네 방향으로 뚫린 터널을 향해 총구를 들이밀었고 있었다. 주민으로 보이는 대여섯 명이 단상 주변에서 경계를 서고 있었다. 이들 역시나 행색이 추레하고 옷도 형편없이 낡았다.

지프차는 광장을 크게 한 바퀴 돌아 단상 앞에 멈춰 섰다. 경계를 서던 사람들이 차량 앞으로 모여들었다. 리더가 그들에게 손을 흔들며 말했다.

"새로운 동지가 왔소. 그분의 따님이지요."

"그분의 따님이라고?"

경계를 서던 한 사람이 반색하며 다가왔다. 머리가 새카만 동양

여자였다.

구경이라도 났는지 에일리 주변으로 서너 사람이 더 모여들었다. 그들은 지프차 앞에 도착하자마자 다짜고짜 질문을 퍼부었다.

"얼굴이 곱네. 시술한 지 얼마나 됐어요?"

"언제 휴머니스트가 됐나?"

"무슨 일을 했나요?"

우물쭈물하던 에일리는 하나의 질문에 대꾸했다. 답변이라기보다는 물음이었다.

"…… 휴머니스트가 뭐죠?"

"거부자란 말 들어봤죠?"

동양인 여자의 질문에 에일리는 고개를 끄덕였다.

"여기선 거부자 대신 휴머니스트란 말을 써요. 당신도 휴머니스트죠."

"휴머니스트라……"

또 다시 여기저기서 질문세례가 쏟아졌다.

"나이가 몇이죠?"

"에이, 이름을 먼저 물어봐야지."

에일리는 쏟아지는 질문에 성의껏 대답했다. 그중엔 사적인 질문도 여럿 있었다. 결혼을 몇 번 했느냐. 아이는 몇이나 있느냐.

에일리 역시 묻고 싶은 게 하나 있었다. 아버지에 관한 것이었다. 이곳 사람들이 아버지를 '그분'이라고 칭하는 것을 보면 지위가 높은 듯했다. 에일리가 아버지에 대해 물으려던 찰나, 리더가 앞을 막아서며 말했다.

"자, 여기까지."

리더는 신고식을 중단하고는 운전자에게 동쪽 터널로 진입할 것을 명했다.

터널 내부로 진입하자 길 양쪽으로 토굴처럼 움푹 팬 공간이 보였다. 외벽이 없어 내부를 적나라하게 들여다볼 수 있었는데 토굴 속에는 지하세계 사람들의 삶의 방식이 고스란히 들어 있었다. 어떤 것은 사람 하나가 누우면 꽉 찰 만큼 좁았고, 다른 어떤 것은 열 명이 들어가기에도 충분했다. 조명이 없어 촛불에 의지하는 곳이 있는가 하면, 홀로그램이 설치된 방도 있었다. 전반적으로 어두운 편이었고 위생 상태는 불량해보였다.

수십 개의 크고 작은 토굴을 지나 지프차가 도착한 곳은 사무실이었다. 그곳은 지금껏 보아온 어떤 토굴보다도 거대했다. 사무실 내부에는 밖에서 사용하는 것과 동일한 양자컴퓨터와 홀로그램 모니터 등의 장비가 즐비했다.

무엇보다 에일리의 시선을 끄는 것은 사무실 앞에 서 있는 노인이었다. 백발의 머리에 주름이 짙은 얼굴. 누런 이를 드러내며 환히 웃음 짓는 노인. 그가 말했다.

"이제 왔구나."

노인을 본 에일리는 목이 메었다.

"알아보시겠습니까?"

조수석의 리더가 말했다. 노인은 지그시 고개를 끄덕였다.

"정말 오랜만이구나, 에일리."

에일리는 한 손으로 입을 가렸다. 노인의 목소리는 그녀의 기억속에서 오랜 시간 동면하던 바로 그 음성이었다. 노인은 적어도 신체 나이 80세는 돼 보였다.

"아버지……"

"그래, 네 아비가 맞단다."

에일리는 아버지에게 달려가 안겼다. 무려 27년만의 해후였다. 노인이 에일리의 얼굴을 어루만졌다.

"예쁘구나. 어릴 때 보던 모습 그대로야."

에일리는 아버지의 왼팔을 보았다. 사고를 당했는지 손목 아래가 없고 그 끝이 붕대로 칭칭 감겨져 있었다. 붕대 끝은 검붉게 피가 굳어 있었다.

눈물이 핑 돌았다. 그녀를 먹이고 입히고 재우던 손이었다. 그 손이 사라지고 없었다. 그녀는 터져 나오려는 눈물을 억지로 참으며 아버지의 상처를 조심스레 쓰다듬었다.

"그럼 저희는 들어가 보겠습니다."

리더가 데릭에게 머리를 조아리고는 차를 돌려 멀어져갔다.

데릭과 에일리는 사무실 안쪽으로 들어갔다. 컴퓨터 앞에 앉아 있던 사람 몇몇이 자리에서 일어났다.

"드디어 따님을 만나셨군요. 축하해요, 데릭."

"고맙소."

데릭은 환한 미소를 지으며 한 손으로 근무자에게 앉으라는 제스

처를 보냈다.

사무실을 가로지르자 안쪽에 출입문이 딸린 방이 하나 있었다. 데릭의 집무실이었다. 안으로 들어가니 무릎 높이의 테이블을 사이에 두고 마주보는 소파가 있고, 그 뒤로 벽과 맞닿은 곳에 책상이 있었다.

데릭은 한사코 손사래 치는 딸을 소파에 앉히더니, 기어이 제 남은 한 손으로 따뜻한 차 한 잔을 내왔다.

"누구에게도 차를 타준 적이 없었는데."

데릭이 소리 내 웃으며 에일리의 건너편 소파에 앉았다.

"돌아가신 줄 알았어요."

"그동안 네 앞에 모습을 드러내지 않았으니까."

"살아계셨다면 알려주셨어야죠. 어떻게 한 번도……"

데릭은 고개를 끄덕이며 차를 한 모금 마셨다.

"이곳 커뮤니티에는 나름의 규율이 있단다. 그중 하나가 사사로운 감정에 얽매여선 안 된다는 거야."

아버지의 말이 이해는 되었다.

"그래도 무려 이십칠 년이라고요."

"그래, 긴 시간이었지."

데릭은 에일리의 눈을 바라보았다.

"네게 모습을 드러내진 않았지만 꾸준히 지켜봐왔단다. 지난달에도 그 지난달에도."

"몰래 지켜보셨다는 건가요?"

데릭은 고개를 끄덕였다. 에일리는 멍하니 벌어진 입을 다물지 못했다. 아버지가 야속했다. 어떤 식으로든 살아있다는 신호를 보내줄 수 있지 않았을까.

에일리의 시선은 아버지의 얼굴에서 사라진 왼손으로 옮아갔다. 배양시술을 통하면 간단히 회복될 수 있는 부상이지만 아버지는 치료를 받지 못했다. 병원에 갈 수 없기 때문일 것이다.

"네가 공장에 있다는 연락을 받고 곧장 그리로 향했단다. 하지만 공장에 들어섰을 때 이미 공격을 받고 있더구나."

"그런 일이 있었군요."

"난…… 네가 죽은 줄 알았단다."

데릭의 목소리가 가늘게 떨렸다.

"제가 살아있다는 걸 어떻게 아셨죠? 오늘 아침에 저를 찾아온 남자는 아버지가 보내서 왔다고 했어요."

"그레이그 말이구나. 코에 사마귀가 난 남자 맞지?"

에일리는 고개를 끄덕였다.

"어제 저녁에 공장에 갔었지? 거기서 뚱뚱한 놈을 하나 만났을 거야."

에일리는 어제의 그 어설픈 남자가 생각났다.

"그 녀석은 우리 커뮤니티 멤버지. 공장에서 두 사람을 봤다면서 이름을 말하더구나. 그때 네 이름을 듣고 어찌나 놀랐던지."

홍채인식으로 신원이 파악되었을 테고 그 정보가 데릭에게 들어간 것이었다.

"그 손은 공장에서 당한 부상인가요?"

에일리는 아버지의 왼손을 보며 조심스럽게 물었다. 데릭은 잠시 손목을 바라보다 고개를 저으며 말했다.

"주지사를 납치할 때 입었던 상처란다."

"주지사라면? 제퍼슨 말인가요?"

"그래."

충격에 말문이 막혔다. 그녀는 벌어진 입과 커진 눈으로 아버지를 바라보다가 고개를 좌우로 털었다.

"밖에선 그 사건으로 난리가 났어요. 아버지가 그 사건의 범인이었군요."

"범인이라……"

다정하던 데릭이 순간 정색했다. 하지만 이내 찻잔에 입을 대고 냉정을 되찾는 모습이었다.

"그래, 그들이 보기엔 범죄일지 모르지. 하지만 제퍼슨이야말로 진짜 죄인이라고 해야지."

에일리는 동의하지 않았다.

"제퍼슨은 존경받는 사람이었다고요."

"존경?"

데릭은 자그맣게 콧방귀를 뀌었다.

"너도 그렇게 생각하니?"

그는 남은 차를 한 입에 털어 넣고 자리에서 일어났다.

"따라오너라. 보여줄 게 있다."

에일리는 데릭을 올려다보며 물었다.

"뭔데요?"

"제퍼슨."

에드워드는 차량이 주차된 곳을 향해 걸었다. 그의 머릿속은 에일리에 대한 생각으로 가득 차 있었다.

그녀를 데려간 사람들은 남루한 옷차림에 재래식 소총을 들고 있었다. 아마도 거부자일 것이다. 그녀가 걱정됐다. 전처럼 또 다시 험한 일을 당하는 게 아닐까, 하는 생각이 들었다.

그러다 문득 에드워드는 걸음을 멈춰 섰다. 그녀 역시 내일이면 거부자가 된다는 사실이 새삼 떠올랐다. 거부자는 범죄자였다. 그러니까 내일부터 에일리는 범죄자가 되는 셈이다. 어떻게 받아들여야 할지 몰라 에드워드는 혼란스러웠다.

하지만 그는 이내 고개를 절레절레 흔들었다. 어쩌면 쓸데없는 고민일지도 몰랐다. 앞으로 그녀의 얼굴을 볼 일이 다시는 없을지도 모르기 때문이다.

그런 생각이 들자 저도 모르게 탄식이 흘러나왔다. 함께한 시간은 이틀에 불과했지만, 에드워드의 가슴 속에는 깊은 상실감과 허탈감이 피어나고 있었다.

느릿한 발걸음으로 차량에 도착하니 어느덧 오전 9시에 가까운 시간이었다. 오늘 내일 푹 쉬고, 월요일부터는 맘을 다잡고 병원 일에 매진해야겠다고 생각하며 에드워드는 허탈한 마음을 달랬다.

차량 시동을 켰다. 그때 누군가 옆 창문을 똑똑 두드렸다. 창문 너머를 보니 헬멧을 쓴 무장경찰이 서 있었다. 에드워드는 경직된 표정으로 창문을 내렸다.

"여긴 위험하니 얼른 차를 이동시키세요."

"위험하다니요?"

"곧 포격이 있을 겁니다."

순간적으로 에드워드의 표정이 얼어붙었다.

하늘을 가르는 소리가 들렸다. 경찰 호버카 몇 대가 일렬로 도열하여 상공을 날고 있었다. 경찰대원과 드로이드가 지상으로 낙하하는 것도 보였다.

불안했다.

설마……

무장경찰이 헬멧을 벗으며 말했다.

"거부자 은신처가 발견됐습니다."

아버지의 유언

데릭과 에일리는 집무실을 빠져나와 사무실 구석에 위치한 철문 앞으로 다가갔다. 녹슬고 칠이 벗겨진 문 위에는 관계자 외 출입금지라는 표지판이 큼지막하게 붙어 있고, 손잡이 옆으로 두꺼운 자물쇠가 두 개나 달려 있었다.

데릭이 열쇠로 자물쇠를 여니 문 너머에 아래로 향하는 계단이 보였다. 사람 하나가 겨우 지날 정도의 폭을 따라 계단을 반 층 정도 내려가니 좁은 밀실이 나왔다. 그곳에 에일리로서는 이해 못할 물건이 놓여 있었다.

"이게, 어떻게 여기에……"

여러 가닥의 케이블이 복잡하게 얽혀 있는 그것은 구형 브레인스캐너였다. 스캐너 모니터 화면에는 작업 진행률을 알리는 숫자가

떠 있었다. 87퍼센트였다.

브레인스캐너는 뇌에 든 기억, 성격, 자아를 데이터화하는 도구였다. 그런 고도의 장비가 이런 지하에 존재하다니, 에일리는 쉬이 납득이 되지 않았다. 더욱 놀라운 것은 장비에 연결된 남자였다. 머리 위에 반구형 장치를 뒤집어쓴 채 눈을 감은 남자는 전임 주지사 제퍼슨이었다.

"작업이 모두 완료되면 우리가 몰랐던 많은 것을 알 수 있을 거다."

데릭이 모니터를 힐끔 보며 말했다.

"제퍼슨의 과거를 들추려는 건가요?"

"그래, 기억 추출이 완료되면 데이터를 하나하나 분석할 예정이지."

에일리의 생각은 데릭과는 달랐다. 데릭이 하는 일은 명백한 범죄였다.

"그것 역시 범죄예요."

"누가 보느냐에 따라 그럴 수도 있겠지."

"그에게도 당연히 치부가 있겠죠. 그걸 밝혀서 어쩌려고요. 언론에 고발이라도 하시게요?"

"나는 비리를 밝히려는 게 아니야. 우리가 알려는 건 엄밀히 말하자면 음모라고 해야 하겠지."

에일리의 미간이 좁아들었다.

"음모? 무슨 음모요?"

"네게 여기서 모든 것을 말할 순 없다. 다만 이것 하난 말해주마. 어린 시절에 네가 존경하던 사무엘 대통령을 기억할 게다."

사무엘은 특유의 노란 곱슬머리가 트레이드마크였으며 재치 있는 유머를 구사하던 대통령이었다. 격의없고 서민적인 이미지로 알려져 있었다.

"기억해요. 그 사람이 왜요?"

"사무엘이 어떻게 됐지?"

"150번째 생일날 공개 안락사로 세상을 떠났죠."

에일리는 데릭의 다음 말을 예상할 수 없었다. 사무엘은 50년도 더 전에 세상을 떠난 인물이었다.

"그랬었지. 하지만 그는 지금 살아있다."

"무슨 소릴 하시는 거예요? 사무엘의 안락사 집행 장면은 전 세계에 방영됐다고요. 기억 안 나세요? 그때 같이 TV로 보셨잖아요."

"지금 여기서 네게 거짓말할 이유가 뭐가 있겠니. 그는 살아있어."

둘 사이에 어색한 정적이 흘렀다.

에일리는 장비 옆으로 다가가 제퍼슨을 주의 깊게 보았다. 그의 모습은 편안하게 잠을 자는 것처럼 보였다.

그때였다. 어디선가 신경을 잡아끄는 소리가 들려왔다. 꽤 먼 곳에서 유발된 소리 같았다. 에일리는 데릭을 바라보았다. 데릭의 얼굴빛이 갑자기 어두워졌다. 소리가 점점 커지고 있었다.

마침내 명확한 소리가 에일리의 귀에 닿았다.

"위치로!"

이게 무슨 소리지?

"위치로!"

동일한 외침이 계속해서 이어지고 있었다. 그것은 한 사람이 내지르는 외침이라기보다 지하세계의 다수가 동시에 뱉어내는 함성 같았다.

"위치로!"

"어서 여길 나가자!"

데릭이 다급한 목소리로 말했다.

"무슨 일인데요?"

"커뮤니티 내부로 적이 쳐들어온 모양이야."

데릭은 놀란 에일리의 손목을 붙잡고 한달음에 밀실을 빠져나갔다.

터널 전체에 고성이 쩌렁쩌렁 울리고 있었다. 외침은 사람에서 사람으로, 이쪽 터널에서 저쪽 터널로 확산되고 있었다. 오가는 사람들의 손에는 저마다 하나씩의 무기가 들려 있었다.

"데릭, 북문이 뚫렸어요!"

사무실에서 모니터를 보던 남자가 말했다. 그의 책상 위에는 가로 다섯 줄에 세로 네 줄, 총 스무 개의 모니터가 설치돼 있었다. 데릭과 에일리가 동시에 모니터를 응시했다.

"뭐야? 어떻게?"

"모르겠어요. 침입자가 북쪽 터널에서 광장으로 밀려들고 있어요."

북문이라 표시된 세 개의 모니터에 침입자 무리가 보였다. 무장경찰이었다. 선두에는 드로이드가 있었다. 다른 모니터를 보니 광장으로 집결하는 휴머니스트의 모습이 보였다.

데릭은 곧바로 자신의 집무실로 달려가더니 총기 두 정을 가지고 돌아왔다. 그중 하나가 에일리의 몫으로 주어졌다.

"전 총을 못 쏴요."

에일리가 고개를 가로저으며 말했다.

"간단해. 여기 조정간 위치를 격발로 바꾸고 방아쇠를 당기기만 하면 돼."

데릭은 한 손으로 총을 들어 사격자세를 취했다.

"이렇게 팔을 고정시켜 반동을 죽이고 총기 앞과 뒤의 조준선을 맞추어 쏘면 된다."

처음으로 총을 쥐어본 에일리는 사용법을 십 초 만에 터득해야 했다.

사무실을 빠져나오니 바로 앞에 지프차가 대기하고 있었다. 데릭과 에일리가 차량에 올라탔다.

순간 쾅, 하는 폭발음이 들렸다. 터널 전체에 묵직한 진동이 전해졌다. 터널을 달리던 휴머니스트들이 걸음을 멈췄다. 위치로, 라는 외침도 사그라졌다. 대기에 소리 없는 흥분이 감돌고 있었다. 전투의 전조 현상이었다.

또 한차례 폭발음이 울렸다. 휴머니스트들이 광장을 향해 다시 달리기 시작했다. 에일리가 탄 차량도 광장을 향해 달렸다.

광장에는 이미 많은 휴머니스트들이 몰려와 전투 대열을 이루고 있었다. 휴머니스트의 무기는 모두 북쪽 터널을 향하고 있고, 단상 위에 설치된 네 개의 포신 역시 모두 같은 방향을 노려보며 상대를 기다리고 있었다.

"오셨습니까."

지프차가 단상 앞에 도착하자 경계자가 데릭에게 인사했다. 에일리는 데릭의 지시에 따라 동쪽 터널 초입에서 상황을 주시했다.

데릭이 단상 위에 올라 확성기에 입을 가져다댔다.

"내 신호가 있기 전까지 누구도 총을 쏘아선 안 된다. 내가 신호하면 그때 일제히 사격하라."

"네!"

휴머니스트들이 일제히 대답했다. 광장에 모인 사람들은 도합 백명 정도 돼 보였는데 그들은 모두 데릭의 명령을 따르고 있었다. 데릭의 지침이 계속됐고, 곧 휴머니스트들은 광장 중앙의 포신을 위시하여 그것을 둘러싸듯 대열을 갖췄다.

모두가 숨을 죽인 채 한쪽 터널을 바라보고 있었다.

얼마 지나지 않아 북쪽 터널로부터 발 구르는 소리가 묵직하게 들려왔다. 멀리서 모습을 드러낸 건 경찰이었다. 드로이드가 전방에서 달리고 있고, 무장경찰들이 뒤따르고 있었다. 광장에 긴장감이 돌았다.

"아직 총을 쏘면 안 된다!"

데릭이 소리쳤다. 에일리는 크게 심호흡을 했다. 총을 잡은 손에 절로 힘이 들어갔다.

발소리가 점점 커졌다. 검은색 일색의 경찰 무리들이 터널 입구에 거의 다다랐을 때였다.

"더는 위험해요. 총을 쏴야 합니다!"

포신을 붙잡은 사내가 말했다.

"아직 안 돼!"

데릭이 버럭 소리쳤다.

선두에 있는 드로이드 세 기가 막 광장으로 발을 들이려 할 때였다. 데릭이 전방을 바라보던 총구를 위로 들어올렸다. 총성이 울렸다.

총알은 북쪽 터널 상단에 표시된 X자 모양에 정확히 꽂혔다. 터널이 쩍쩍 갈라지기 시작했다.

다음 순간 고막이 터질 듯한 굉음이 일며, 터널 입구에서 바윗덩이가 무너져 내렸다. 드로이드 세 기가 순식간에 고철덩이로 변했고 뒤따르던 경찰 몇몇이 돌더미에 깔렸다.

"지금이다. 사격 개시!"

데릭이 광장 전체에 전해질 정도로 크게 외쳤다.

집단 포격이 시작되었다.

돌덩이 너머에 서 있던 경찰 병력 수십이 쏟아지는 총탄에 그대로 노출되었다.

광장 가득 비명소리가 울려 퍼졌다.

에일리는 눈앞에서 벌어지는 광경을 보고도 믿을 수가 없었다. 그

것은 살육이었다. 휴머니스트들의 표정은 무덤덤했다. 마치 약속된 일을 처리하듯 익숙한 모습이었다. 이것이 휴머니스트가 살아가는 방식이란 말인가. 정부가 이들을 반란군으로 규정한 이유가 바로 이런 것 때문일까.

상황을 관망하는 에일리는 한 명의 사상자도 내지 못했다. 아니, 더 정확히는 단 한 발의 탄환도 쏘지 못했다.

그녀는 데릭을 바라보았다. 한 팔로 간신히 총알을 난사하는 그의 모습이 낯설었다. 27년 만에 만난 그는 그녀가 알던 아버지와는 사뭇 달랐다. 기억 속 아버지는 생체시료 연구에 인생을 매진한 학자였다. 그녀 역시 생체시료 연구원의 길을 걸었고, 그것은 단연 아버지의 영향이었다. 그 고상하던 아버지가 지금은 완연한 전사로 거듭나 있었다.

멍하니 서 있던 에일리는 아버지와 눈이 마주쳤다.

"뭣하느냐! 어서 총을 쏘지 않고!"

아버지의 호통이 날아왔다. 그녀는 한 손에 든 총을 내려다보았다.

"어서 총을 들라니까!"

마지못해 총을 들었다. 그녀가 쏜 총탄은 목표물을 한참이나 벗어난 벽에 가 박혔다. 데릭이 못마땅하다는 표정으로 바라보다가 빠른 걸음으로 그녀에게 다가왔다.

"자, 봐라. 총은 이렇게 들고."

"그동안 이렇게 살아오셨어요? 경찰을 죽이면서?"

에일리가 말을 자르며 물었다.

"그렇지 않으면 우리가 죽는단다. 너도 곧 익숙해질 거야."

그녀는 일부러 아버지의 시선을 피했다.

그때 무너진 잔해더미 뒤에서 함성이 들려왔다. 후발 경찰부대였다. 그들은 다섯 기의 드로이드를 앞세워 광장으로 달려오고 있었다.

경찰과 휴머니스트 간 화력은 얼추 비슷했다. 하지만 중앙 단상에 있는 네 개의 포신이 격추당하면서 상황이 기울기 시작했다. 광장 안으로 발을 들이는 경찰의 수가 늘어날수록 그만큼 휴머니스트 측 사망자가 늘어났다. 대열이 흐트러지고 있었다.

"위치로!"

데릭이 소리쳤지만 한 번 흔들리기 시작한 대열은 복구되지 않았다. 오히려 그 틈으로 경찰들이 들이닥쳤고 속속 도망자가 생겨났다.

"도망치면 안 돼! 어서 위치로!"

그의 외침이 무색하게, 승기를 잡은 무장경찰이 광장 중앙까지 돌파하는 데는 채 몇 분이 걸리지 않았다. 데릭 역시 총을 겨누는 위치가 점점 뒤로 밀리고 있었다. 처음에는 단상에서 총을 쏘던 그가 지금은 동쪽 터널 입구에 몸을 숨긴 채 목표물을 겨누고 있었다. 이제 남아 있는 휴머니스트도 얼마 없었다. 모두가 터널 끝을 향해 도망치고 있었다.

에일리가 보기에도 휴머니스트의 패배가 거의 확실했다.

"아버지, 우리도 도망가요."

"너라도 먼저 가거라. 터널 끝에 가면 밖으로 나가는 출구가 있다."

데릭은 총구가 향한 곳에 시선을 고정한 채 말했다.

"더 이상은 위험해요. 우리가 졌다고요."

"먼저 가라니까!"

데릭은 고집불통이었다. 그런 점을 빼다 박았는지 에일리도 버티고 섰다.

"아버지가 갈 때까지 저도 움직이지 않을 거예요."

데릭은 고개를 돌려 에일리를 보았다. 그 누구보다 에일리의 성격을 잘 아는 사람이 바로 데릭이었다. 결국 그는 딸에게 백기를 들었다.

데릭은 천장에 보이는 X자 표시에 총알을 꽂아 넣어 동쪽 터널 입구를 봉쇄한 다음, 에일리와 함께 광장에서 먼 쪽을 향해 달렸다. 무너진 입구 너머에서 비명소리가 터져 나왔다.

아버지에 의하면 터널 끝에 출구가 있다고 했다. 지프차는 보이지 않았다. 터널 길이가 얼마나 될지는 모르나 적어도 두 다리를 이용해 출구에 도착해야 한다는 것만은 명확했다.

에일리는 속도에 더욱 박차를 가했다. 하지만 노쇠한 아버지가 문제였다. 그는 연신 거친 숨을 헉헉대며 갈수록 느려지고 있었다. 그러다가 급기야 제자리에 완전히 멈춰 서버렸다.

"여기서 멈추면 안 돼요, 아버지."

"이대로는…… 무리다. 너 먼저…… 가거라."

데릭이 무릎 위에 손을 짚은 채 숨을 몰아쉬며 말했다. 에일리는 지나온 길을 돌아보았지만 아직 뒤따르는 경찰은 보이지 않았다.

"조금만 더 힘내세요."

에일리는 데릭의 한쪽 팔을 잡아끌었다. 데릭은 굽혔던 허리를 그나마 조금 일으켜 한 발짝씩 내디뎠다.

그때 총성이 울려 퍼졌다. 동시에 데릭의 입에서 바람 빠지는 소리가 났다. 데릭은 앞으로 고꾸라졌다.

"아버지!"

총알이 복부를 관통한 상태였다. 배에서 시뻘건 핏물이 샘솟고 있었다. 한눈에 보기에도 치명상이었다.

데릭이 한 손을 들어 터널 끝을 가리켰다.

"먼저…… 가."

에일리는 고개를 저었다.

"어서…… 사람…… 들을 쫓아가라."

데릭의 눈빛과 말투는 죽음을 예견하는 듯했다. 에일리는 당장이라도 눈물을 쏟아낼 것 같았다. 데릭은 힘에 겨운 얼굴로 그녀의 손을 잡고는 가슴께 주머니 쪽으로 천천히 잡아끌었다. 그리고 주머니에서 힘겹게 열쇠를 꺼내들며 말했다.

"제퍼슨의 데이터 큐브를…… 꼭 챙겨라. 세상을 뒤흔들 정보가 그 안에 있어. 부탁하마."

"아버지도 같이 가셔야 해요!"

데릭은 간신히 고개를 가로저었다. 두 사람은 알고 있었다. 여기서 헤어져야 한다는 것을.

뒤로는, 멀리 경찰 무리가 시야에 들어오고 있었다. 더 이상 시간을 지체할 수 없었다.

"큐브를 프…… 프레드릭 교수에게 전달하거라."

"프레드릭 교수요?"

"퀸즈 대학교 의과대학 소속의……"

데릭이 기침을 터뜨리자 피가 한 움큼 쏟아져 나왔다.

"말하지 마세요."

"네 총을 다오."

에일리는 한 손으로 눈물을 훔치며 총을 건넸다. 그녀는 잠시 아
버지의 눈을 바라보다가 그를 꼭 끌어안았다.

"됐다. 이제 가라…… 더 있다간 너마저 위험해져."

발걸음이 떨어지지 않았다.

"가라니까."

데릭이 기침을 토하며 소리쳤다.

에일리의 볼을 타고 눈물이 흘러내렸다. 그녀는 아버지의 이마에
입을 맞추고 뒤를 돌아 달렸다.

"사랑한다…… 딸아."

데릭은 딸을 향해 손을 흔들었다. 에일리는 쏟아지는 눈물을 닦으
며 떨어지지 않는 발걸음을 옮겼다. 무거운 걸음은 잰걸음이 되었다
가 보폭을 넓히며 달리기가 되었다.

그녀는 터널을 달리다가 우측으로 보이는 사무실로 들어갔다. 아
버지의 부탁을 들어주기 위해서였다.

곧장 철문 앞으로 다가가 두 개의 자물쇠를 열어 지하로 내려갔

다. 제퍼슨은 여전히 브래인스캐너 위에 누워 있었다. 화면에 떠 있는 작업진행률은 여전히 87퍼센트에 머물러 있었다. 아버지는 제퍼슨의 기억이 든 데이터 큐브를 퀸즈 대학교에 있는 프레드릭 교수에게 전달하라고 했다.

에일리는 장비의 가동을 멈춘 뒤 87퍼센트까지 추출된 제퍼슨의 기억을 손 안에 쥐었다.

데이터 큐브는 한손에 쏙 들어오는 크기였다. 대체 이 안에 무엇이 들어있는 것일까. 제퍼슨이 꾸미는 음모란 과연 무엇일까.

에일리는 밀실을 빠져나왔다. 지나온 길이 부산스러웠다. 조금 더 지체했다간 경찰이 들이닥칠 것이다. 그녀는 있는 힘을 다해 터널 끝을 향해 달렸다.

몇 분이나 지났을까. 숨이 턱밑까지 차오르고 있었다. 차에 탔을 때는 몰랐는데 터널의 길이가 상당했다. 천장을 따라 이어지는 조명은 도저히 끝날 기미가 보이지 않았다. 속도를 조금 늦추고 숨을 골랐다.

호흡이 안정을 되찾자 다시 달리기 시작했다. 먼저 도망친 휴머니스트들의 뒷모습이 보였다. 터널 끝도 보였다. 커뮤니티에 발을 들였을 때와 마찬가지로 그곳에 수직 사다리가 있었다.

에일리는 무리 사이에 끼어 사다리를 딛고 한 발짝씩 위로 올라갔다. 오래지 않아 바깥 공기가 그녀를 맞이했다. 태양이 머리 위에 떠 있었다. 그녀와 마찬가지로 이제 막 커뮤니티를 빠져나온 사람들이 산발적으로 무리지어 있었다. 그들은 모두 한 곳을 향하고 있었다.

에일리는 무리 중 하나에 가까이 다가갔다.

"어디로 가는 건가요?"

허리가 구부정한 여자가 에일리를 위아래로 훑어보며 의심의 눈 초리를 보냈다.

"못 보던 얼굴인데?"

"데릭의 딸이에요. 오늘 여기에 도착했고요."

여자는 마음이 놓였는지 아, 하며 고개를 끄덕이고는 에일리가 원 하는 답을 내놓았다. 커뮤니티를 탈출한 휴머니스트들은 전부 제2 커뮤니티로 향하는 중이며, 적어도 300킬로미터 떨어진 곳이라는 정보였다.

아버지는 퀸즈 대학교로 가라고 말했다. 하지만 차량도 없고 대중 교통을 이용하는 것 역시 불가능했다. 일단은 제2커뮤니티로 이동 하는 것 외에는 달리 방도가 없는 듯했다.

사람들을 뒤쫓아 걸음을 옮기는데 등 뒤에서 엄청난 폭음이 들려 왔다. 돌아보니 지반이 무너져 내리고 있었다. 커뮤니티가 붕괴한 것이다. 달리 말하면, 아버지가 돌아가신 것이다. 에일리는 바닥에 털썩 주저앉았다.

27년 만에 상봉한 아버지였다. 그런 아버지를 불과 몇 시간 만에 다시 잃어버렸다. 만남은 찰나였지만 여운은 지속되었다. 눈물이 하염없이 흘러내리고 있었다. 부지런하게 다리를 움직여야 했지만 그녀의 몸은 말을 듣지 않았다.

그때 그녀의 시야에 들어오는 무언가가 있었다. 사람들이 한 곳에 무리지어 있고, 그곳에 호버카 한 대가 놓여 있었다.

눈물로 흐릿해진 시야였음에도 그녀는 익숙한 차량을 한눈에 알아보았다. 그것은 에드워드의 호버카였다. 다리에 힘을 주고 일어나서 차량이 있는 곳으로 천천히 다가갔다.

열댓 쯤 되는 사람들이 한 남자를 중심에 두고 원을 그리듯 서 있었다. 에일리는 사람들 사이를 비집고 안쪽을 확인했다. 바닥에 엎드린 남자가 보였다. 다름 아닌 에드워드였다.

그런데 그의 상태가 이상했다. 그의 두 손과 셔츠가 온통 피로 물들어 있는 것이 아닌가. 게다가 그는 눈물범벅이 된 채 칼로 자해를 하고 있었다. 정신이 반쯤 나간 사람처럼 보였다.

에드워드는 또 한차례 칼을 높이 치켜들었다. 그러고는 뾰족한 칼 끝으로 뒷목을 후볐다.

"에드워드!"

지켜보던 사람 중 그를 말리는 사람은 에일리가 유일했다. 그녀는 에드워드 손에 들린 칼을 낚아채며 옆으로 던져버렸다.

"미쳤어요? 이게 대체 뭐하는 짓이야!"

"…… 에일…… 리, 미안해요. 정말 미안해요."

그는 연신 미안하단 말을 내뱉으며 머리를 땅으로 처박고 오열했다.

이안이라는 남자

    국경 없는 대학(borderless college)이 등장한 지 한 세기가 넘었다. 누구든 어느 곳에서나 세계 유수의 강의를 접할 수 있었다. 상황이 이렇게 변하자 대중들은 인지도 높은 대학과 인기 있는 교수의 강의만을 선택적으로 소비하기 시작했고, 그저 그런 대학들은 하나 둘 문을 닫았다. 이젠 명문대라 불리는 소수의 대학만이 간신히 살아남아 캠퍼스의 명맥을 유지했는데 지금 에드워드와 에일리가 찾아가는 퀸즈 대학교가 바로 그런 대학 중 하나였다.

    두 사람은 온타리오 호를 가로질러 퀸즈 대학교 캠퍼스 상공에 접어들었다. 호버카 아래로는 로마네스크 양식의 대학 건물들이 좌우로 길게 늘어서 있었다. 19세기에 지어져 300년간 굳건히 자리를 지켜온 건물들이었다. 반원을 뒤집어놓은 듯한 아치형 출입문 밖으로 눈 덮인 잔디밭이 넓게 펼쳐져 있었다.

에드워드는 호숫가 근처에 차량을 주차한 뒤 홀로 차에서 내려 교정을 걸었다. 에일리는 차 안에 남기로 했다. 안전을 위한 선택이었다. 언제 어디서 인식기가 그녀의 눈을 향할지 알 수 없기 때문이었다.

교정은 평화로웠다. 서로를 꼭 껴안고 잔디밭 위를 총총 걷는 커플, 한겨울임에도 팔을 걷어 부치고 프레스비를 즐기는 씩씩한 두 남학생, 강아지와 함께 뛰노는 즐거운 표정의 아이.

그들을 뒤로하고 조금 더 걸으니 캠퍼스의 중심부라 생각되는 지점에서 거대한 크리스마스 트리를 맞닥뜨렸다. 적어도 건물 3층 높이는 돼 보였다. 주변에 옹기종기 모여든 사람들의 표정에서 더할 나위 없이 행복한 분위기가 느껴졌다. 하지만 에드워드의 마음은 캠퍼스의 모습과는 정반대였다.

에일리의 아버지가 사망하고 커뮤니티가 붕괴된 사건.

그 사건의 중심에 에드워드, 자신이 있었다는 사실이 여전히 그를 괴롭히고 있었다. 스스로가 원망스러웠다.

그때의 상황은 이랬다. 에일리를 추적하던 경찰이 에드워드까지 감시망을 뻗친 것이었다. 그로 인해 커뮤니티의 존재가 드러났고 무장경찰이 쳐들어갔다. 그 모습을 지켜볼 때 에드워드는 죄책감에 온몸이 다 무너지는 것 같았다. 에일리에게 씻을 수 없는 죄를 저지른 것과 마찬가지였다.

불현듯 그는 뒷목 상처가 지끈거리는 걸 느꼈다. 손바닥으로 환부

위에 덧댄 패드를 지그시 눌렀다. 사실 그것은 자해 행위가 아니었다. 경찰에 추적의 단초를 제공한 바이오칩. 그 빌어먹을 칩을 뜯어낸 흔적이었다.

그때 자책으로 고통스럽게 울부짖는 에드워드를 감싸준 건 에일리였다. 그녀는 이 사태가 에드워드의 잘못이 아니라며 오히려 그를 다독였다. 물론, 정말로 괜찮을 리 없을 것이다. 간신히 만난 아버지를 한순간에 잃은 그녀가 아니던가.

에드워드의 가슴속에 경찰을 향한 분노가 들끓고 있었다. 거부자는 곧 범죄자란 생각도 희미해져버렸다. 에드워드는 에일리가 새로운 커뮤니티를 찾을 때까지 발 벗고 나서서 돕겠다고 다짐했다. 응당 그리해야 했다.

칩을 제거한 에드워드는 경찰의 감시망에서 벗어나 있었다. 대신 이제 더 이상 뉴로넷에는 접속할 수 없었다.

거대한 트리 장식을 지나 건물 세 동을 더 벗어나자 현대식으로 축조된 수직 구조의 유리건물이 눈에 들어왔다. 동일한 규모에 일정한 간격을 두고 촘촘히 늘어선 건물들. 의과대학 건물도 그중 어딘가에 있었다.

평소라면 즉시 목적지의 위치를 인지했을 테지만, 오늘은 네트워크의 도움 없이 두 발로 건물을 찾아야만 했다. 에드워드는 주변 사람들에게 물어물어 어렵사리 의과대학 건물 입구에 도착했다.

건물 안쪽 출입문에는 현판이 붙어 있었다. 그곳에 프레드릭 교수의 이름이 새겨져 있었다. 교수의 방을 확인한 에드워드는 곧장 37

층으로 향했다.

엘리베이터에서 내리자 복도 양 옆으로 명패 붙은 문이 끊임없이 이어졌다. 에드워드는 좌측 복도를 걷다가 일곱 번째 문 앞에서 멈춰 섰다.

에드워드는 가볍게 주먹을 말아 쥐고 문을 두드렸다. 똑똑.

"들어오세요."

문을 열고 들어가자 정면으로 교수의 책상이 창문을 등진 채 출입문을 바라보고 있었다. 자리에 교수는 없었다. 그 옆으로 조교와 학생으로 보이는 세 사람이 각자의 책상 앞에 앉아 있었다.

"어떻게 오셨나요?"

출입문에 가장 가까운 여학생이 물었다.

"프레드릭 교수님을 뵈러 왔습니다."

"교수님이요?"

그녀의 동그란 이마가 난감한 듯 찌그러졌다.

"교수님은…… 지난달에 돌아가셨어요."

"네?"

예상치 못한 일이었다. 데릭의 유언은 프레드릭을 만나라는 것이 분명했다.

"최근 일인가요?"

"아뇨. 교수님께서는……"

"무슨 일이죠?"

날카로운 중저음이 여학생의 말을 잘랐다. 교수의 책상 바로 옆에 자리한 남자로 검은 머리에 검은 눈을 가진 동양인이었다. 30대 초반으로 보이는 그는 뿔테 안경을 쓰고 있었다. 대충 조교쯤으로 보였다.

"교수님께 무슨 일이……"

"돌아가세요."

남자가 에드워드의 말을 잘랐다. 그가 한 손을 들어 손짓하자 두 여학생이 자리에서 벌떡 일어나 에드워드를 문 쪽으로 안내했다. 여학생의 동작은 친절했지만, 어서 이 방에서 나가라는 소리 없는 압박이었다.

에드워드는 다시 한 번 남자에게 물었다.

"혹시 데릭이라는 사람을 아시나요?"

순간 모니터를 응시하던 남자가 고개를 들었다.

"데릭이요?"

"네, 데릭의 부탁으로 왔습니다."

남자는 멈칫하며 두 여학생에게 자리로 돌아가라 손짓했다.

"데릭이라는 분, 풀 네임이 뭔가요?"

남자가 에드워드를 바라보며 물었다.

"데릭 플로레스입니다."

남자는 잠시 무언가를 생각하다가 이전과는 달리 공손한 말투로 말했다.

"몰라 뵀습니다. 알아보지 못해 죄송합니다."

남자가 자리에서 일어나 고개를 숙였다. 그는 에드워드가 하려던

말을 먼저 내뱉었다.

　"잠시 시간 괜찮으신가요?"

　"물론입니다."

　두 사람은 건물 지하에 위치한 카페 안에 자리를 잡았다.

　주문을 받으러 온 드로이드에게 차 두 잔을 주문했다. 드로이드
가 돌아가자 남자가 입을 열었다.

　"이안이라고 합니다. 프레드릭 교수님의 조교였죠."

　"전 에드워드입니다. 교수님을 뵈러 왔는데, 유감이군요."

　"교수님이 돌아가신 게 얼마 전이라…… 아직 연구실 학생들이 힘
들어하고 있어요."

　"교수님께 무슨 일이 있었던 건가요?"

　이안은 안경을 고쳐 썼다.

　"지난달에 있었던 일입니다."

　"급작스럽게…… 사고라도 생겼나요?"

　"자살하셨습니다."

　"예?"

　에드워드는 깜짝 놀랐다.

　"학생들 모두 입을 조심하고 있습니다. 이제야 조금씩 충격에서
벗어나고 있거든요."

　에드워드는 고개를 끄덕였다. 드로이드가 다가와 차 두 잔을 내려

놓았다.

이안이 잔 하나를 손에 들며 말했다.

"아직도 교수님이 돌아가셨다는 게 실감이 안 나요. 지금이라도 연구실 문을 열면 교수님의 잔소리가 들릴 것만 같거든요."

이안이 씁쓸하게 웃었다. 뿔테 안경 너머 그의 눈가가 조금 촉촉해졌다.

에드워드는 차를 머금으며 생각에 잠겼다. 그는 하나의 가설을 떠올렸다.

확실히 프레드릭 교수는 데릭과 내통했다. 추측해보자면 데릭뿐 아니라, 다양한 커뮤니티와 내통했을 수도 있었다. 혹시 교수의 자살이 휴머니스트와 연관된 것은 아닐까? 만약 그들과 내통한 정황이 경찰에 포착된 것이라면, 그리하여 갖은 심문을 지속적으로 받아왔다면, 극한의 경우 자살을 선택할 수도 있지 않을까.

하지만 곧바로 고개를 저었다. 지금은 실체에 접근해야지 그런 상상의 날개를 펼 때가 아니었다.

"혹시, 교수님께서 왜 그런 선택을 하셨는지는 모르세요? 유서라도 남기셨나요?"

"그 얘긴 이제 그만하고 싶습니다. 여기 온 목적이 데릭의 부탁이라 하지 않았나요? 우리 그 얘기나 마저 하죠."

이안의 말투는 돌연 냉랭해졌다.

"데릭의 부탁이 무엇이었나요?"

"어떤 물건을 프레드릭 교수님께 전달해달라는 부탁이었습니다."

"물건을 볼 수 있을까요?"

"아니오."

이안이 눈을 동그랗게 떴다.

"데릭의 부탁은 프레드릭 교수님께 물건을 전달해달라는 요청이었습니다. 교수님과 가까운 사이였겠지만, 그걸 조교님한테 건넬 수는 없습니다."

순간 이안의 얼굴에 당혹감이 비쳤다.

"교수님께서는 제가 물건을 대신 받아도 된다고 하셨어요."

"데릭에게 들은 바 없습니다."

"에드워드, 믿으셔도 됩니다."

에드워드는 고개를 가로저었다.

"데릭이 물건을 부탁한 게 바로 얼마 전입니다. 그런데 프레드릭 교수님은 한 달 전에 돌아가셨고요."

"데릭이라는 분이 교수님의 죽음을 몰랐나 보네요."

이안이 말했다. 에드워드의 생각도 이안과 같았다. 데릭은 휴머니스트라는 제약으로 프레드릭 교수와 연락이 한동안 닿지 않았을 가능성이 높았다.

"그럴 수도 있겠네요."

에드워드는 짧게 대답하며 잔을 테이블 위에 내려놓았다.

"이만 일어나보겠습니다."

"네? 잠깐만요. 그럼 큐브는……"

"방금 큐브라 했나요?"

이안은 아차, 하는 표정이었다.

"처음부터 물건이 큐브란 걸 알았군요?"

이안은 대답을 머뭇거렸다.

에일리는 큐브 속에 세상을 바꿀 정도의 어마어마한 정보가 깃들어 있다고 했다. 그런 중요한 물건을 다른 사람에게 맡길 수는 없었다. 더구나 이안은 처음과 달리 대화를 나눌수록 많은 것을 숨기고 있는 듯했다.

"그럼 이만 가보겠습니다."

에드워드는 자리에서 일어났다. 그가 몸을 움직여 테이블을 빠져나가려 하자 이안이 입을 열었다.

"교수님께서 돌아가시기 하루 전날이었어요."

에드워드는 고개를 돌려 이안을 바라보았다.

"그날 교수님은 저를 부르시고는 작은 카드를 하나 주셨어요."

"카드요?"

에드워드는 고개를 갸웃했다.

"카드 형태의 저장장치지요."

이안이 재킷 안주머니에서 방금 말한 물건을 끄집어냈다. 이안의 표정은 진지했다. 에드워드는 잠시 망설이다가 슬며시 자리에 다가가 앉았다.

"페이퍼를 갖고 계시나요?"

"아니요."

에드워드는 추적 사건 이후 모든 기기를 버렸다. 이안이 자신의 페이퍼를 꺼내들고 카드형 저장장치를 기기에 가까이 가져다댔다. 그러자 페이퍼 화면 위로 이미지 하나가 떠올랐다.

"교수님이 제게 주신 파일이에요."

화면 속 이미지는, 엄밀히 말하면 이미지라기보다는 텍스트를 촬영한 사진이었다. 한 줄짜리 텍스트는 네브래스카 주 어느 한 구역을 가리키는 주소였다.

"이게 무슨 주소죠?"

에드워드가 물었다.

"이곳에 연구소가 하나 있다고 해요. 교수님께선 데이터 큐브를 들고 오는 사람이 있다면 그에게 이 주소를 안내해주라 하셨어요."

"교수님께서 직접 말씀하셨다고요?"

이안은 고개를 끄덕였다.

"이곳 연구소에 가서 헤이즐 소장님을 찾으라고 하셨죠."

"헤이즐 소장? 뭐하시는 분이죠?"

"저도 잘 모릅니다."

에드워드는 페이퍼 화면에 시선을 고정했다. 동시에 그의 머릿속은 이안이 내뱉은 말의 진실성 여부를 판독하느라 바삐 돌아갔다.

"이게 교수님이 남긴 주소라는 걸 제가 어떻게 믿죠? 솔직히 말씀드리면 저는 당신을 그리 신뢰하지 않아요."

"의심이 많은 타입이신가 보군요."

이안이 빈정거렸다. 순간적으로 짜증이 났지만 에드워드는 내색하지 않았다.

"다시 한 번 이 화면을 보시죠. 돌아가시기 전날 찍은 교수님의 모습입니다. 이 영상마저 조작된 거라 생각하신다면 저도 더 이상 할 말이 없습니다."

기기 속 영상의 주인공이 정말 프레드릭 교수인지 알 수는 없었다. 영상 속 그가 말했다.

"저를 찾아 왔다면 이곳으로 가서서 헤이즐 소장님께 물건을 전달해주세요."

프레드릭은 종이에 손수 작성한 메모를 들어보였다. 내용은 조금 전 이안이 보여준 것과 동일한 주소였다.

"그러니까 교수님이 직접 이 주소를 작성하셨다는 거죠?"

"맞습니다."

"당신은 저로부터 물건을 뺏으려 했고요."

"미안합니다."

이안은 고개를 떨구며 말했다. 에드워드는 냅킨 뒷면에 페이퍼 속 주소를 옮겨 적었다.

"이 주소를 찾아갈지 말지는 고민해보겠습니다."

해는 머리 위에 떠 있었다. 점심이 되어 교정은 학생들로 제법 북적거렸다.

에드워드는 이안과의 대화를 복기하며 걸었다. 이안은 프레드릭 교수가 150세 이상 고령자와 내통했다는 사실을 모를 것이다. 교수의 죽음 역시 그것과 연관됐을 확률이 높았다. 에드워드는 주머니에서 접혀진 냅킨을 꺼내 주소를 확인했다. 갈 곳은 이미 정해져 있었다. 다만 문제는 여기서부터 서쪽으로 2천 킬로미터 떨어진 지점이라는 것이었다.

"에드워드!"

어디선가 들려오는 소리에 에드워드는 고개를 돌렸다. 벤치에 앉아 손을 흔드는 에일리가 보였다. 그녀는 교정을 걷는 여느 여대생들과 크게 다를 바 없는 모습이었다. 아무렇게나 차려입은 점퍼와 면바지만으로도 그녀는 돋보였다.

"여기에 언제부터 있었어요?"

"한 이십 분? 캠퍼스를 걷고 싶어서."

커뮤니티 붕괴사건 이후 에드워드를 편하게 대하는 그녀였다.

"인식기라도 있으면 어쩌려고요."

에일리는 어깨를 으쓱해 보였다. 주변에는 넓게 펼쳐진 잔디와 군데군데 설치된 벤치 그리고 오가는 학생들만 있을 뿐이었다. 인식기가 설치됐을 법한 장소는 어디에도 보이지 않았다.

"교수님이 뭐라셔?"

"상황이 복잡해졌어요."

에일리가 눈을 동그랗게 떴다.

"교수님이 한 달 전에 사망했대요. 자살로."

"뭐?"

에드워드가 처음 그 소식을 들었을 때 지었던 그 표정을 에일리가 그대로 따라하는 듯했다. 에드워드는 이안과의 대화를 곱씹으며 차분히 상황을 설명했다. 이안과 신경전을 벌이며 30분 가까이 나눈 대화였지만 정리하고 보니 내용은 간단했다.

프레드릭 교수가 죽었다는 것.

큐브를 전달할 새로운 주소를 받았다는 것.

그리고 그곳을 가는 일만 남았다는 것.

에일리는 교수가 죽었다는 대목에서는 크게 놀란 눈치였지만 이내 앞으로의 일에 대해 고민하는 모습이었다.

두 사람은 주차된 차량으로 걸음을 옮겼다.

"잠시만요. 화장실 좀 다녀올게요."

에드워드는 눈에 보이는 건물 안으로 들어갔다. 잠시 뒤 화장실에서 나오는데, 에일리가 보이지 않았다. 좌우를 살펴보니 주차장 반대편 멀리 떨어진 곳에 그녀가 서 있었다. 무슨 일이지? 에드워드는 그곳으로 천천히 걸어갔다.

"에일리, 여기서 뭐하세요?"

에일리에게 다가가자 그녀는 옆으로 급히 달라붙었다. 에드워드는 흠칫 놀랐다.

"고개 돌리지 말고 들어. 추적이 붙었어."

그녀가 작게 속삭였다.

"추적이요? 언제부터요?"

에드워드도 소리를 죽여 말했다.

"아까 의대 앞 벤치에 있을 때부터. 우연인가 했는데 방금 네가 화장실에 다녀온 사이 확실해졌어. 널 추적하는 게 맞아."

"얼굴 봤어요?"

"선글라스를 꼈어. 정장 차림이고."

에드워드는 자연스레 걸으며 건물 유리를 통해 뒤를 살폈다. 그녀 말대로 선글라스를 낀 남자가 보였다.

"에일리, 눈앞에 갈림길 보이죠?"

에드워드가 턱으로 전방의 갈림길을 가리켰다.

"저기서 갈라지는 걸로 해요. 에일리까지 위험에 빠뜨릴 순 없어요."

"그렇지만……"

"제 말대로 해요. 당신은 경찰에 붙잡히면 즉시 연행이잖아요. 알겠어요?"

에일리는 고개를 끄덕거렸다. 두 사람은 곧 갈림길 앞에 다다랐다.

"제가 오른쪽으로 갈게요. 에일리는 왼쪽으로 간 뒤 곧장 차로 가세요."

에드워드는 오른 길로 돌아섰다. 에일리는 반대로 향했다. 두 사람은 서로에게 등을 보이며 점점 멀어져갔다.

에드워드는 길가에 주차된 호버카의 사이드미러로 뒤를 비춰보았다. 다행히 선글라스 남자는 자신을 쫓고 있었다.

걸음에 속도를 냈다. 회색빛 건물을 끼고 좌측으로 꺾어들어 직선으로 뻗은 길을 계속해서 걸었다. 좌우로 똑같이 생긴 대학 건물이 촘촘히 이어졌다.

길을 잘못 든 것일까. 의도치 않았는데 걸으면 걸을수록 점점 더 인적이 없는 곳으로 접어들고 있었다. 뒤따르는 남자가 신경 쓰였다. 하지만 노골적으로 고개를 돌릴 수는 없었다. 마침 전방에 있는 광고판이 눈에 들어왔다. 에드워드는 광고판 유리면 앞으로 다가갔다.

상쾌함을 마셔요! 뉴질랜드 청정지역에서 온 탄산수!

에드워드는 광고판을 통해 선글라스 남자의 위치를 가늠했다. 뒤따르던 남자의 실루엣이 보였다. 그런데 그는 어느새 가까이 붙은 상태였다. 근접한 거리가 불과 다섯 발 정도에 불과했다.

"잠깐만."

중저음의 목소리가 들렸다. 투박한 손이 에드워드의 어깨를 짚었다.

순간적으로 몸을 움찔했다. 심장이 쪼그라드는 것 같았던 에드워드는 최대한 태연한 척하며 천천히 상체를 돌렸다. 선글라스 남자가 정면에 있었다.

"아까부터 왜 자꾸 나를 따라오는 겁니까?"

에드워드가 오히려 강하게 쏘아붙였다.

"네가 가진 물건이 필요해. 괜히 들고 있다간 경찰에 뺏긴다고."

"뭐라고요?"

에드워드는 등골이 오싹해지는 걸 느꼈다.

"데이터 큐브를 내놔."

그가 큼지막한 손을 내밀었다.

처음 보는 남자였다. 경찰에 빼앗긴다는 말을 하는 걸로 보아 경찰은 아닌 듯했다. 말끔한 정장 차림의 남자는 휴머니스트로 보이지도 않았다.

에드워드는 경계했다.

"그냥 큐브만 내놔. 그러면 조용히 가던 길을 갈 테니까."

"그렇게 못하겠다면?"

어디서 발동한 오기였을까. 에드워드는 남자의 말에 저항하며 받아쳤다.

"그럼 강제로 뺏을 수밖에."

주변에 도움을 청할 곳은 없었다. 너무 외진 곳까지 걸어온 것이 실수였다.

줄행랑을 쳐볼까 생각하는 사이, 남자가 먼저 한 발 좁혀왔다. 에드워드는 뒤로 한 발짝 물러났다.

그가 또 한 걸음 다가오더니 에드워드의 옷자락을 끌어당겼다. 동시에 남자의 왼손이 에드워드의 상의 안주머니에 들어갔다. 빠른 손놀림이었다.

"무, 무슨!"

에드워드는 양손바닥으로 남자의 가슴팍을 밀쳤다. 반작용으로 에드워드 역시 뒤로 밀려 광고판에 등을 부딪쳤다.

"없잖아? 바지 주머니에 숨겼나?"

그가 다시 거리를 좁혀왔다. 에드워드는 순순히 당하지만은 않으리라 마음먹었다. 선글라스 남자와는 키가 비슷했고 신체 나이도 에드워드가 더욱 젊었다. 에드워드는 두 주먹을 불끈 쥐고 얼굴 앞으로 들어올렸다.

남자의 콧방귀 뀌는 소리가 들렸다. 남자는 이번에는 빠른 발로 에드워드의 정강이를 걷어찼다. 두 사람의 다리가 부딪쳤다. 하지만 고통을 받은 쪽은 에드워드였다. 에드워드는 두 손으로 정강이를 감싸 쥐었다. 무쇠배트에 무릎을 맞은 것만 같았다.

"난 격투기 선수였어. 괜한 고집 부리지마."

에드워드는 겁에 질려 뒷걸음질 쳤다. 남자가 가소롭다는 듯 웃으며 다가오는데 그 순간 광고판이 요란한 경고음을 울려댔다.

화면이 붉게 달아올랐다. 그 위에 선글라스 남자의 맨얼굴이 떠올랐다.

거부자 발견! 거부자 발견!

남자가 당황했다. 에드워드도 마찬가지였다. 그가 거부자였을 줄이야.

앨버트 마틀리! 153세!

광고판이 시끄럽게 남자의 신원을 떠들었다.

멀리서 사람들이 이쪽을 바라보고 있었다. 그중엔 경찰도 섞여 있었다.

"젠장!"

앨버트는 침을 내뱉고는 뒷걸음질 쳐 달아났다.

에드워드는 놀란 가슴을 진정시켰다. 가격 당한 왼쪽 정강이가 아직도 찌릿찌릿 저려왔지만 맘속에선 안도의 한숨이 터져 나왔다.

사실 에드워드는 큐브를 소지하지 않았다. 만일의 경우를 대비해 차 안에 두고 온 것이다. 프레드릭 교수와의 대화가 원만히 이루어지면 그때 다시 차에 들러 큐브를 가져올 계획이었다. 이 모든 것은 에일리의 조언이었다. 그녀의 말을 따른 것이 천만다행이었다.

경찰이 앨버트가 멀어진 쪽으로 달려갔다. 사람들이 웅성웅성 모여들고 있었다. 이곳에 있다간 왠지 귀찮은 일에 휘말릴 것만 같았다. 에드워드는 얼른 자리를 떠 차량이 있는 곳을 향해 걸음을 재촉했다.

앨버트란 남자는 과연 누구일까? 하나 확실한 건 아군은 아니라는 것이다. 그렇다고 뚜렷한 적도 아닌 듯했다.

대체 어떻게 에드워드의 위치를 파악했으며, 큐브를 가졌다는 걸 예측했을까?

아무리 생각해보아도 답은 나오지 않았다.

에드워드가 호버카에 도착한 시간은 오후 1시를 넘어선 시간이었다. 차량은 쏟아지는 햇살을 가득 머금은 채 주인을 기다리고 있었다. 주차된 차량 너머 온타리오 호수는 태양 빛이 반사돼 눈부시게 빛나고 있었다. 에일리는 그곳에서 호수를 바라보고 서 있었다.

"여기서 뭐해요?"

에드워드가 그녀 옆으로 바싹 다가갔다. 에일리가 반가운 얼굴로 돌아보았다.

"추적자는?"

"잘 해결됐어요."

에드워드는 엘버트와 있었던 일을 굳이 설명하지 않았다. 일이 잘 처리됐는데, 가뜩이나 심경이 복잡한 그녀를 더 혼란스럽게 만들고 싶지 않았다.

"나…… 프레드릭 교수를 만난 적이 있어."

"정말요? 언제요?"

"프레드릭이란 이름이 하도 낯익어서 곰곰이 고민해봤거든. 내가 117살이던 때 교수를 만났어."

"117살? 그때 무슨 일이 있었나요?"

"신체 전신 배양을 받았던 나이야. 그때 프레드릭 교수에게 전신 배양을 의뢰할 뻔 했어."

에드워드는 놀란 얼굴로 그녀를 바라보았다.

"그때 프레드릭 교수는 배양사였어. 아버지가 추천해서 그의 병원에 갔지만 시설이 너무 낡았어. 그래서 다른 병원에서 시술을 받겠다고 말했지. 그 일로 아버지와 한참을 싸웠던 게 기억나."

"그게 왜 싸울 일이었죠? 좋은 병원을 선택하겠다는 게."

"나도 모르겠어. 아버지는 왜 프레드릭에게 시술을 받으라고 신신 당부하셨을까?"

에드워드는 잠시 고민하다가 입을 열었다.

"두 분이 친한 친구 사이였나요?"

"잘 모르겠어."

에일리는 고개를 저었다.

"그때 난 아버지 모르게 다른 병원에서 시술을 받았어. 새로운 몸으로 아버지 앞에 섰을 때 아버지는 불같이 화를 내셨지. 한 번도 그렇게 화를 내시는 모습을 본 적이 없었어."

어느덧 에일리의 눈시울이 촉촉해졌다. 하지만 그것은 단순히 아버지에 대한 슬픔이 아니었다. 그 속에는 지금 일어나고 있는 일과 또 앞으로 자신에게 벌어질 일에 대한 더 큰 두려움이 섞여 있는 듯했다. 그래서 그런지 젊고 매력적인 여성으로 다시 태어난 그녀의 얼굴에서는 그녀 실제 나이에서나 느낄 수 있는 깊은 고뇌가 서려 있었다. 그 깊이를 에드워드의 입장에서는 쉽게 헤아릴 수 없었다.

아니마연구소

퀸즈 대학교에서 출발한 두 사람이 네브래스카 주 상공에 도착했을 때는 오후 5시쯤이었다. 호버카의 최대 속도로 꼬박 4시간을 날아온 뒤였다. 덕분에 요 며칠 잠이 부족했던 에드워드와 에일리는 간만에 깊은 숙면을 취할 수 있었다.

먼저 눈을 뜬 에드워드는 아직 자고 있는 에일리의 얼굴을 바라보았다. 눈 감은 모습을 보니 그녀가 배양캡슐에 안에 들어 있던 때가 생각났다. 그때까지만 해도 일이 이렇게 복잡하게 진행될 줄은 생각지도 못했다. 그에게 거부자란 존재는 먼 나라 얘기에 불과했다.

무엇보다 오늘 아침에 있었던 커뮤니티 붕괴 사건이 그를 이 일에 본격적으로 뛰어들게 만들었다. 에일리에 대한 미안함도 있었지만 그 역시 궁금증이 컸다. 제이스가 대체 왜 그녀를 죽이려 했는지, 그리고 제퍼슨의 기억 속에 들었다는 음모가 무엇인지 그도 알고 싶었다. 에일리와 함께 그 안에 깃든 비밀을 밝히고 싶었다.

목적지에 가까워질수록 서서히 고도가 낮아졌다. 창밖으로 평원이 끝없이 펼쳐져 있었다. 예부터 네브래스카 주는 옥수수 재배로 유명한 곳이었다. 하지만 12월의 재배지는 여기저기 널브러진 옥수수 껍데기로 황토 빛 일색이었다.

평야를 가로지르자 전방에 군락을 이루는 마을이 있고, 그 너머 산으로 이어진 숲이 보였다. 그리 크지 않은 마을은 백여 채의 건물들이 다닥다닥 붙어 있는 정도였다.

마을 상공으로 접어든 차량은 느릿한 속도로 움직였다. 50미터 정도의 좁은 도로가 곧게 뻗은 곳이 이 마을의 중심가인 듯했다. 그곳 주변으로 옥수수 모양의 간판을 단 식료품 가게가 줄지어 늘어서 있었다. 지역 보안관 사무소 한 동과 마을 사람들이 거주할 만한 주택가도 눈에 들어왔다. 동네에서 가장 높은 건물이라 해봐야 지상 10층짜리 건물 한 채가 전부였다. 에드워드는 고개를 좌우로 열심히 돌려가며 마을 구조를 머릿속에 그려 넣었다.

"에일리, 아니마(anima)가 무슨 뜻인지 알아요?"

옆에 누워 있던 에일리가 반쯤 감긴 눈을 비비며 몸을 일으켰다.

"라틴어로 혼이라는 의미야."

그녀는 힘없이 말하고는 창밖을 바라봤다.

"이안이 말한 곳이 저기야?"

그녀가 손으로 가리킨 곳은 10층짜리 건물이었다. 건물 옥상에

'아니마연구소' 라는 텍스트가 홀로그램으로 둥실 떠 있었다.

에드워드는 차량 앞 유리에 지도를 띠웠다. 목적지는 현재 위치에서 2킬로미터는 더 떨어진 지점이었다.

"아직 더 가야 해요."

두 사람을 태운 차량은 아니마연구소를 끼고 좌로 돌아 북쪽으로 향했다.

잠시 뒤 차량은 우거진 숲 앞에서 움직임을 멈췄다.

"여기라고?"

두 사람은 동시에 곧게 뻗은 침엽수를 올려다보았다. 거인이 서 있는 것처럼 웅장한 느낌을 주었다.

에드워드는 볼을 빵빵하게 부풀린 채 나무들 너머를 바라보았다. 주변이 아직 환했지만 저 안쪽은 어둡고 을씨년스러운 분위기였다. 좌우로 빽빽하게 늘어선 침엽수들은 당장에라도 사나운 들짐승이 튀어나올 것만 같은 스산함을 자아내고 있었다.

에드워드는 바지주머니에 손을 넣어 냅킨을 끄집어냈다. 그는 한동안 냅킨 위에 휘갈겨 쓴 주소를 지도와 대조했다.

"여기가 맞아요. 여기서부터는 걸어야 해요."

차량은 들어갈 수 없는 곳이었다. 께름칙했지만 차라리 해가 지기 전에 얼른 다녀오는 게 나을 듯했다. 두 사람은 숲 안쪽으로 발을 들였다.

10여 분을 걷자 허름한 건물 하나가 눈에 들어왔다. 두 사람은 건물에서 20미터 정도 거리를 두고 조심스레 외관을 살폈다.

"저게 연구소라고?"

에일리가 실망스런 투로 물었다. 그럴 만도 했다. 백 년도 더 돼 보이는 2층짜리 건물은 연구소라기보다는 오히려 폐가에 가까운 모습이었다.

붉은 벽돌로 축조된 건물 외벽에는 담쟁이덩굴이 바닥서부터 꼭대기까지 얼기설기 휘감겨 있었다. 듬성듬성 나 있는 창문 뒤로는 검은색 커튼이 드리워져 있어 내부에 등이 켜 있는지 사람이 사는지조차 알 수 없었다. 열쇠 구멍이 있는 철제 출입문은 군데군데 칠이 벗겨졌으며 모서리가 녹슬어 있었다.

"아무리 봐도 연구소처럼 보이지는 않는데……"

에일리가 고개를 갸웃하며 말했다.

"저기 사람이 산다는 게 분명한 흔적이 있어요."

에드워드가 가리킨 곳은 출입문 앞이었다. 그곳에 비질의 흔적이 남아 있고, 옆으로 낙엽과 잡풀 따위가 한데 모여 있었다. 적어도 폐가는 아닌 듯했다.

두 사람은 나무 뒤에 몸을 두고 10분을 지켜보았다. 그동안 들고 나는 사람들이 하나도 없었다.

5분이 더 지나자, 참다 못한 에일리가 돌멩이 하나를 집어 들었다.

"뭐하시게요?"

"계속 구경만 할 수는 없잖아."

그녀는 출입문을 향해 작은 돌멩이를 던졌다. 고요한 숲 속에 카랑카랑한 쇳소리가 울려 퍼졌다.

그럼에도 이렇다 할 반응은 오지 않았다.

"사람이 정말 없는 건가?"

에일리는 다시 한 번 허리를 숙여 이번에는 조금 더 큰 돌맹이를 집어 들었다. 팔을 머리 뒤로 젖혔다가 앞으로 던지려는 순간, 출입문이 끼익 소리를 냈다. 그녀는 급히 몸을 숨겼다.

문틈으로 노란 불빛이 새어 나왔다. 그곳에 서 있는 사람은 키가 1미터 정도에 불과한 여자 난쟁이였다. 그녀는 문틈으로 부스스한 머리를 내밀어 좌우를 살피다가 안으로 들어갔다.

"아무래도 이안이 주소를 잘못 알려준 것 같아. 아니면 장난질을 했던가. 딱 봐도 세상과 담 쌓고 지내는 난쟁이인걸."

에일리가 실망한 투로 말했다. 에드워드는 생각이 달랐다.

"어쩌면 그녀가 헤이즐 소장일지도 몰라요."

"글쎄……"

그녀는 미심쩍은 표정을 지었다.

두 사람은 출입문으로 다가갔다. 에드워드는 철문으로 다가가 두 번 노크했다. 안에서 발자국 소리가 다가오고 있었다. 그는 에일리를 향해 손가락으로 오케이 사인을 그려보였다.

이윽고 끼익, 문이 열렸다. 사람이 나오리라 기대하고 있었는데 물벼락이 튀어나왔다.

"으악!"

에드워드는 온몸에 차가운 물을 뒤집어썼다. 뒤이어 등장한 난쟁이는 양동이를 손에 들고 노려보고 있었다.

"썩 꺼지지 못해!"

난쟁이가 험악한 표정을 짓고는 다시 문을 닫으려 했다. 문 앞에 선 에일리가 재빨리 출입문 고리를 부여잡으며 말했다.

"잠시만요!"

"이 손 안 놔? 꺼지라고!"

"혹시 헤이즐 소장님이신가요?"

"헤이즐?"

그 이름이 어떤 의미를 담고 있었던지 난쟁이의 표정에서 분노가 조금 사그라졌다. 난쟁이는 에일리와 물에 젖은 에드워드를 번갈아 훑은 뒤 물었다.

"여기 왜 왔지?"

"물건을 전해달란 부탁을 받았어요."

"큐브 말인가?"

그 말을 들은 에드워드는 깜짝 놀랐다. 에일리는 단지 물건을 가지고 왔다고 말했을 뿐이었다.

"들어오게."

문이 열리며 두 사람은 난쟁이의 집 안으로 발을 들였다. 오래된 집 특유의 냄새가 코끝에 와 닿았다. 마른 냄새였다. 이를테면 수십 년에 걸쳐 조금씩 산화되어온 나무 냄새 같은 것이었다.

밖에서 보던 모습과 마찬가지로, 실내 역시 백 년 전 실내를 보는 듯했다. 나무로 된 거실 바닥은 오래됐지만 관리가 잘 되어 반짝반짝 윤이 났다. 마루 위로 아라베스크 문양의 카펫이 깔려 있고, 카펫이 끝나는 지점에 놓인 붉은색 소파는 중세 귀족에게나 어울릴 법한 화려한 문양이 수놓여 있었다. 두 사람을 안내하는 난쟁이 역시 역사책에서 막 튀어나온 사람이라 해도 이상하지 않을 만큼 차림이나 꾸밈이 예스러웠다.

"여기 사세요?"

에드워드가 앞서가는 난쟁이에게 물었다.

"잔말 말고 따라오기나 해."

난쟁이는 퉁명스러웠다. 친절과는 다소 거리가 먼 성격이었다.

난쟁이는 거실을 가로질러 식탁 앞에 멈춰 섰다. 그러고는 식탁 양옆에 놓인 의자를 하나씩 옮기기 시작했다.

"뭘 멍하니 보고 섰어? 어서 돕질 않고."

"아, 예!"

에드워드가 허겁지겁 난쟁이 옆에 달라붙었다.

여섯 개 의자와 식탁이 제 위치에서 옆으로 벗어났다. 바닥에 깔린 카펫이 사라지자 그곳에 정사각형 모양의 출입문이 있었다. 난쟁이가 바닥에 난 동그란 구멍에 손가락을 넣어 문을 잡아당겼다. 비밀스런 공간이 드러났다.

"따라들 오게."

난쟁이가 먼저 아래로 향했다. 두 사람이 뒤따랐다. 삐걱거리는 나무 사다리를 밟으며 5미터 정도를 내려가자 발이 땅에 닿았다.

10제곱미터 남짓 좁은 공간. 그곳에 세 사람이 서 있었다. 사방은 벽으로 막혀 있었다. 벽에는 한 뼘 길이의 나무판이 세로로 겹겹이 붙어 있었다. 머리 위에 달린 백열전구 하나가 내부를 노랗게 밝혔다. 에드워드는 생경함을 느꼈다. 나무로 지어진 창고와 오랜만에 보는 전구. 모든 것이 오래전의 것이었다.

"여긴 뭐하는 장소인가요?"

에드워드가 벽면을 똑똑 두드리며 물었다. 난쟁이는 대꾸가 없었다. 대신 난쟁이는 한쪽 벽을 바라보고 서더니 양 손으로 벽을 짚었다. 그러고는 우측으로 몸을 기울였다.

"뭐하세요?"

"기다려."

난쟁이는 온힘을 다해 오른쪽으로 벽을 미는 것처럼 보였다. 하지만 그녀의 힘만으론 역부족인 듯했다.

에드워드는 벽으로 다가가 손을 짚었다. 그리고 난쟁이의 움직임을 따라했다. 별다른 변화가 없는 듯했지만 그는 벽이 고정된 게 아니란 것을 알 수 있었다.

그는 여전히 벽에 손을 짚은 채, 이번에는 다리 하나를 왼쪽 벽에 올렸다. 양손과 한 발에 힘을 싣고 힘껏 벽을 밀었다. 벽이 움찔거렸다. 다시 한 번 힘을 가했다. 벽이 덜컹거리며 오른쪽으로 조금 움직였다. 그것은 벽이 아닌, 벽을 가장한 미닫이문이었다.

우측 끝까지 미닫이문을 밀어 넣자 새로운 문이 눈앞에 서 있었다. 나무가 아닌, 단단한 철문이었다. 이 문 너머에 비밀스런 무언가가 있을 것만 같았다.

"이 문 너머가 연구소인가요?"

"아냐."

난쟁이는 철문 옆의 덮개를 열었다. 안쪽에서 초록색 빛이 뿜어져 나왔다. 생체인식 장치가 난쟁이의 눈을 훑었다. 뒤이어 난쟁이가 비밀번호를 입력하자 단단한 문이 우측으로 움직였다.

문 안쪽으로 격자무늬 대리석이 이어지며 새하얀 복도가 펼쳐져 있었다. 난쟁이가 안쪽을 가리키며 말했다.

"여길 지나면 연구소가 나와. 헤이즐 소장님은 거기에 계시지."

에드워드는 안쪽을 굽어 살폈다. 백 미터 가량 이어지는 복도는 듬성듬성 박힌 조명에도 유난히 환한 편이었다. 하얀 복도 바닥과 벽이 빛을 반사해서 그런 것 같았다. 시선 끝에 꺾어지는 구간이 보였는데 그 너머에 무엇이 있을지는 알 수 없었다.

"괜찮을까요?"

에드워드는 에일리를 바라보았다. 그녀는 결의에 찬 표정이었다.

"모르지."

그렇게 말하며 그녀는 앞으로 성큼 한 발짝 내디뎠다. 에드워드가 망설이고 있는데 그녀가 돌아보며 말했다.

"걱정되면 큐브를 줘. 나 혼자 갔다 올게."

"아, 아니요. 같이 가요."

에드워드는 손사래를 치며 복도 안쪽으로 몸을 들였다.

두 사람과 난쟁이 사이로 철문이 닫히며 공간이 다시 둘로 분리되었다. 두 사람은 조심스런 발길로 복도를 걸었다.

"큐브 안에 든 정보를 헤이즐이 얻으면, 그 사람은 뭘 할 수 있을까?"

"저도 궁금해요. 그가 무엇을 얼마나 가졌든 한계가 있을 거예요."

"너라면 어떻게 할 것 같아?"

에드워드는 전방을 바라보며 잠시 고민했다.

"저라면 모든 커뮤니티의 휴머니스트들을 한 군데 모을 것 같아요."

"그래봤자 휴머니스트는 소수야. 주정부군을 당해낼 수는 없어. 싸움을 할 만한 규모가 안 된다고."

"그게 아니라면 딱히 떠오르는 생각이 없어요. 에일리는 어떻게 생각해요?"

그녀는 뭔가를 골똘히 생각하는 듯했지만, 이내 고개를 저을 뿐이었다.

둘은 어느새 복도가 꺾어지는 구간에 접어들었다. 두 사람이 동시에 왼쪽으로 방향을 틀었는데 그들의 걸음은 거기서 중단됐다.

2미터 거구의 드로이드가 두 사람을 내려다보고 있었다.

에일리는 기겁했다. 에드워드가 에일리의 앞을 막아섰다.

드로이드가 내뿜는 초록빛이 에일리의 눈을 훑었다. 에일리는 질끈 눈을 감았다. 하지만 이미 늦었다. 거수자인 그녀는 기계에 붙잡힐 것이고 경찰에 연행될 것이다. 좁은 복도 안에서 딱히 도망칠 곳도 없다. 뒤돌아 달린다 해도 그 끝에 철문이 가로막혀 있다.

수 초가 지났다.

아무 일도 일어나지 않았다. 에일리는 살며시 감았던 눈을 떴다.

다음으로 드로이드의 초록빛이 향한 곳은 에드워드의 눈이었다.

갑자기 기계의 두 팔이 에드워드의 어깨를 짓이겼다.

"악!"

괴력을 견디지 못한 에드워드는 무릎을 꿇었다.

인간의 악력과는 차원이 달랐다. 어깨가 가루가 될 것만 같았다. 그리고 당황스러웠다.

어째서 드로이드가 공격을 한 거지? 거부자도, 거수자도 아닌데.

"놔! 놓으라고!"

기계덩어리가 누르는 압박이 점점 더 강해졌다. 에드워드는 무릎을 꿇은 것으로도 모자라 배가 바닥에 닿도록 엎드려야만 했다.

얼마 지나지 않아 복도 안쪽에서 누군가 다가왔다. 짧은 머리에 30대 중후반쯤 돼 보이는 남자였다. 그는 하얀 가운을 입고 있었다.

낯선 사람의 등장에 에일리는 뒷걸음질 쳤다.

남자는 눈앞의 소란이 대수롭지 않다는 듯 드로이드 뒤편으로 걸어갔다. 이내 에드워드를 압박하던 기계덩어리가 힘을 풀었다.

"놀라셨겠네요. 아니마연구소의 연구원 컬린이라고 합니다."

남자는 한 손으로 드로이드를 쓰다듬으며 말을 이었다. 에드워드는 구겨졌던 몸을 일으키며 물었다.

"왜 날 공격한 거죠?"

"이건 기존 드로이드의 반대 기능을 한다고 생각하면 이해가 쉽습

니다."

"반대?"

"원래 드로이드는 거부자들, 즉 휴머니스트를 공격하도록 세팅이 되어 있습니다. 하지만 이건 휴머니스트가 아닌 보통 사람들을 공격하도록 프로그래밍 되었지요."

"그럼 다시 저를 또 공격하겠군요."

에드워드가 뒤로 한 발짝 물러서며 말했다.

"아니요, 공격 제외 대상에 당신의 신원을 등록했습니다."

"이게 무슨 꿍꿍이죠?"

뒤에 있던 에일리가 물었다.

"헤이즐 소장님이 모든 것을 설명해주실 겁니다."

컬린은 뒤돌아 안쪽을 향해 걸었다. 에드워드는 마지못해 그의 뒤를 따랐다. 드로이드는 복도가 꺾어지는 모퉁이에서 다시 경계 자세를 취했다.

컬린의 걸음걸이에는 힘이 넘쳤다. 미로처럼 연달아 T자로를 내비치는 복도 위에서 그는 아무런 고민도 없는 듯했다. 그런 그의 모습에서 에드워드는 안도감을 느꼈다.

컬린이 도착한 곳은 엘리베이터 앞이었다.

"소장님은 꼭대기인 10층에 계십니다. 여긴 지하 2층이고요."

"다른 층에는 뭐가 있죠?"

에드워드가 물었다.

"그건 직접 올라가면서 보시지요."

엘리베이터는 모든 자재가 유리로 되어 있어 사방의 벽 너머로 바깥을 볼 수 있는 구조였다.

지하를 벗어난 일행에게 앞으로는 건물 내부가, 뒤로는 바깥 풍경이 펼쳐졌다. 에드워드는 각 층의 내부구조를 머릿속에 그려 넣는 것에 집중했다. 1층에서 3층까지는 접수대가 존재했고 4층 위로는 층마다 배양캡슐이 그득했다.

"제가 근무하는 배양병원이랑 구조가 비슷해요."

내부를 들여다보던 에드워드가 말했다. 문득 뒤를 보니 익숙한 전경이 펼쳐지고 있었다. 에드워드는 에일리의 등을 두드렸다.

"에일리, 밖을 보세요. 여긴 우리가 아까 지났던 마을인데요?"

"맞아. 저기 보이는 저 길을 가로질렀잖아."

엘리베이터가 고층으로 향할수록 마을 전체가 일목요연하게 드러났다. 중심가와 늘어선 가게들, 보안관 사무소와 주택이 즐비한 골목 등 마을의 전체 구조가 눈앞에 그려졌다. 달리 말하면 그 정도로 규모가 작은 마을이기도 했다.

문득 에드워드의 머릿속에 10층짜리 건물이 떠올랐다. 그것은 마을에서 가장 높은 건물이었다.

"혹시 여기 아니마연구소가 아닐까요?"

"아니마연구소가 맞습니다."

컬린이 대답했다.

"맞다고요? 그럼 곧장 이리로 올 걸 괜히 난쟁이의 집까지 갔네요."

에일리가 다소 흥분한 목소리로 말했다.

"그렇지 않아요. 정문으로 들어왔다면 인식기에 발각됐을 겁니다. 휴머니스트들은 난쟁이의 집을 통해서만 이곳에 들어올 수 있습니다."

컬린이 말하자 에일리는 수긍했는지 입을 조금 벌렸다.

엘리베이터가 지상 10층에 도착했다. 그곳 한 층 전체가 소장의 집무실이었다.

사면의 벽은 모두 바닥에서 천장까지 이어지는 통유리였다. 그곳에 있으니 마치 하늘에 둥둥 떠 있는 듯한 기분이 들었다. 연한 회색빛 카펫이 공간 전체에 깔려 있었으며, 엘리베이터 폭과 정확하게 일치하는 길이로 짙은 회색 길이 나 있었다. 엘리베이터에서 시작된 그 길은 맞은편 끝까지 직선으로 이어졌는데 그 끝에 책상이 있고 한 여자가 앉아 있었다. 헤이즐 소장이었다.

소장 옆에는 드로이드 한 기가 서 있고 그녀의 좌우로 각각 배양 캡슐과 브레인스캐너 장비가 한 대씩 설치되어 있었다.

"저기 계신 분이 헤이즐 소장님입니다."

임무를 마친 컬린은 뒤돌아 엘리베이터를 타고 사라졌다.

"반가워요."

스피커를 통해 여자의 목소리가 들렸다.

"이쪽으로 오세요. 저는 차를 준비하고 있을게요."

맞은편에 작게 보이는 헤이즐이 이쪽으로 오라며 손을 흔들었다.

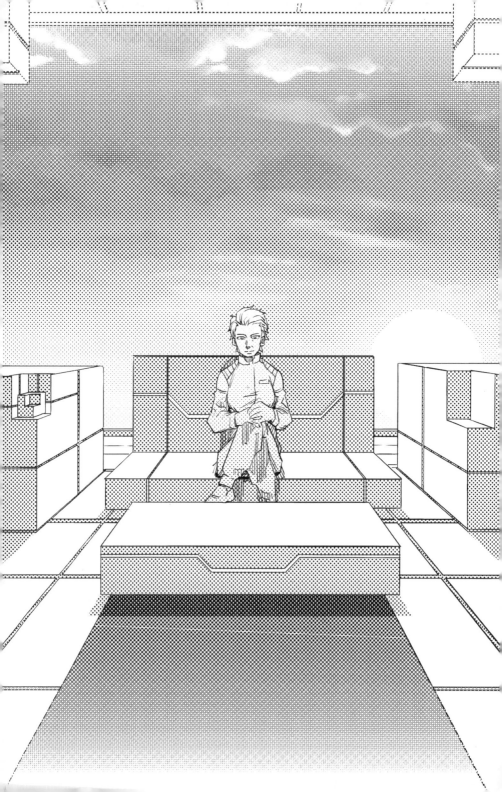

에일리와 에드워드는 회색 길을 따라 걸었다. 사방에 탁 트인 창 너머로, 지는 태양이 붉은빛 노을을 만들고 있었다. 방금 전 엘리베이터에서 보았던 태양은 이렇지 않았다. 그게 불과 1분 전이었고, 태양이 떠 있는 위치도 바뀐 것 같았다. 양 미간을 좁히며 잠시 고민하던 에드워드는 그것이 유리벽이 만들어내는 가짜 노을이란 사실을 알았다.

두 사람은 어느새 헤이즐이 있는 책상 앞에 도착했다.

헤이즐은 신체 나이 마흔 정도로 보였다. 몸매가 제법 날씬한 것으로 보아 얼마나 스스로를 관리해왔는지 짐작케 했다.

"오시느라 고생했어요."

그녀는 창가에 위치한 소파로 이동했다. 테이블 위에는 차 두 잔이 준비되어 있었다.

"옥수수차예요. 이 지역은 예부터 옥수수가 유명하죠."

세 사람은 살갑게 인사를 나눴다.

"저 드로이드도 지하에 있는 것과 같은 건가요?"

에일리가 책상 옆에 붙박인 기계를 가리키며 말했다.

"네, 보통 사람을 공격하는 드로이드죠."

"저도 괜찮은가요? 지하에서는 공격을 받았거든요."

에드워드가 물었다.

"괜찮아요. 그것과 이건 서로 연동이 되죠."

"왜 거꾸로 프로그래밍 된 드로이드를 갖고 있는 거죠?"

에드워드가 재차 물었다.

"난쟁이의 집과 지하통로, 모두 휴머니스트들이 안전하게 여기까지 올 수 있도록 한 장치예요."

"그럼 저의 경우는 어떻게……"

"이곳에 오기 전에 이안이란 사람을 만났죠? 그가 알려줬어요. 에드워드란 남자가 찾아갈 건데 그는 휴머니스트가 아니라고요."

헤이즐은 테이블 위에 잔을 내려놓았다.

"이제 물건을 볼 수 있을까요?"

그 말에 에드워드가 에일리를 바라보았다. 에일리가 헤이즐에게 물었다.

"헤이즐, 당신도 휴머니스트인가요?"

"아닙니다."

"이 위험한 일에 참여하는 이유가 뭐죠? 프레드릭 교수님도 경찰의 요주의 감시 대상이었다고 하던데요."

"그 얘기라면 하지 말아요. 프레드릭 교수 일로 한동안 우울증까지 앓았어요."

헤이즐이 한 손을 내저으며 말했다.

"이 일은 순전히…… 제 가치관의 문제예요. 세상의 더러운 이면을 목격한 사람은 많은 것이 달라지죠. 달라진 의식이 행동을 바꾸게 되고요."

"더러운 이면이라니요?"

에일리가 말끝을 올렸다.

"갖고 오신 큐브에 들어 있을 내용이죠."

"그 내용을 공유해주실 수 있을까요?"

"그건 불가능해요."

헤이즐은 고개를 저었다.

"해석된 정보는 커뮤니티 리더에게 직접 전달돼요. 그쪽을 통하시는 게……"

"아버지가 커뮤니티 리더셨는데 지금은 돌아가셨어요. 부탁드립니다."

헤이즐은 고민하는 눈치였다. 그녀는 차를 한 모금 마시더니 자그만 목소리로 생각해보겠다고 대답했다.

"저희처럼 큐브를 갖고 오는 사람이 많은가요?"

"종종 있어요. 다양한 커뮤니티로부터 다양한 기억들이 도착하죠. 커뮤니티 자체에서는 내용을 해석하기가 어렵거든요. 저는 그렇게 모여든 정보를 집대성하고 있어요."

옆에서 대화를 듣던 에드워드는 차를 마시며 생각을 정리했다. 그가 내린 결론은 헤이즐이 휴머니스트와 내통하는 보통의 사람이라는 것이었다. 우연한 계기로 진실을 파헤친 학자가 세상에 대항하는 경우일까.

에일리가 에드워드에게 눈짓을 보냈다. 에드워드는 안주머니에서 큐브를 꺼내 헤이즐에게 건넸다. 큐브를 받은 헤이즐은 곧바로 브레인스캐너 장비로 이동했다. 그녀가 장비의 버튼을 누르자 노을을 비추던 한쪽 유리벽이 검은 화면으로 변했다. 나머지 삼 면은 여전히 석양을 띠우고 있었다.

검은색 화면 위로 영상이 재생되기 시작했다. 그것은 무작위로 선정된 영상들을 거칠게 편집한 느낌이었다.

"여기까지 오셨으니 큐브 내용을 조금 보여드릴게요."

헤이즐이 에일리에게 다가와 말했다.

"이렇게 보니 큐브의 주인공이 누구인지 알겠군요."

"네, 제퍼슨 전 버지니아 주지사입니다."

"전임 주지사에다 149세의 나이라…… 굉장히 중요한 자원이 될 것 같다는 생각이 드는군요."

영상에는 제퍼슨이 경험했던 정보들이 빠르게 흘러가고 있었다.

영상을 보는데 갑자기 에일리가 자리에서 벌떡 일어났다.

"아버지……"

그녀의 입에서 흘러나온 말이었다. 영상 속에 한 노인의 얼굴이 스쳐가고 있었다. 그녀의 아버지, 데릭인 모양이었다. 그가 제퍼슨을 붙잡은 장본인이었다.

에일리는 자리에서 일어나 영상 가까이 다가갔다. 아버지의 얼굴을 보다 가까이서 확인하고픈 마음에서일 것이다. 그녀는 한 손으로 화면 가득 차지한 노인의 얼굴을 어루만졌다. 그때 총성 한 발이 울렸다. 동시에 에일리가 바닥으로 고꾸라졌다.

그녀의 팔에서 피가 샘솟고 있었다.

헤이즐이 남긴 것

에일리는 아랫입술을 잘근 씹으며 환부를 눌렀다. 비명이 터져 나오려는 걸 억지로 참는 모습이 역력했다. 셔츠 위는 피로 물들었고 붉은 선혈이 카펫 위로 뚝뚝 흘러내리고 있었다.

"팔을 이리 내요."

에드워드는 피로 얼룩진 그녀의 팔을 소파 위로 올렸다. 셔츠를 찢어 환부를 살펴보니 다행히도 치명상은 아니었다. 그래도 찢긴 혈관에서 피가 솟구쳤다. 지혈이 필요했다.

"당신 누구야?"

헤이즐이 스피커를 통해 반대편 끝에 등장한 남자에게 물었다.

"그쪽엔 볼일이 없어."

남자는 엘리베이터 바로 앞에 있었다. 멀리 떨어져 있음에도 그의

목소리는 쩌렁쩌렁하니 귓가에 선명하게 꽂혔다.

에드워드는 미간에 주름을 잡고 남자를 응시했다. 남자는 정장 차림에 건장한 체격이었다. 노란색 머리라는 것도 확인할 수 있었다. 유심히 살펴보던 에드워드는 이내 기겁을 했다. 제이스였다. 그는 에일리를 붙잡으러 온 것이 틀림없었다.

"이럴 수가…… 제이스가 어떻게 여기에."

한 손으로 상처를 움켜진 에일리 역시 충격을 받은 모양이었다.

"다시 한 번 묻겠어. 당신 누구냐고?"

헤이즐과 남자는 신경전을 벌이고 있었다.

"소장은 위험할 테니 어서 건물이나 빠져나가라고."

"가까이 오지 마! 경찰에 신고하겠어."

"경찰? 그렇게 하시든가."

에드워드는 소파 쿠션을 집어 내부의 솜을 모조리 제거했다. 쿠션 커버를 일정한 간격으로 찢은 다음 환부보다 높은 위치에서 질끈 매듭을 동여맸다. 에일리의 신음이 터져 나왔다.

"후회할 거야. 그쪽으로 드로이드를 보내서……"

탕.

총성이 헤이즐의 말을 끊었다.

"이렇게 하면 그 주둥이 좀 닥치겠나?"

제이스가 쏜 총탄이 헤이즐의 관자놀이 옆을 지나 두꺼운 의자를 꿰뚫었다. 50미터 거리에서 쏜 총탄이 5센티미터 정도를 벗어나 있었다. 의도였을까, 아니면 실수였을까. 답이 무엇이든 그의 실력은 보통이 아니었다.

헤이즐은 놀란 가슴에 손을 얹고 있었다.

대화는 그걸로 끝이었다.

헤이즐 곁을 지키던 드로이드가 출격했다.

에드워드는 빠른 눈으로 공간을 한 바퀴 훑었다. 10층 집무실에서 벗어나려면 엘리베이터가 유일한 수단인 듯했다. 하지만 그것을 이용하는 일은 불가능했다. 지금으로서는 싸움에서 물러나 상황을 살피는 것이 최선이었다. 그는 에일리를 부축해 브레인스캐너 장비 뒤로 몸을 숨겼다.

에드워드는 2미터의 기계덩이에 감사함을 느꼈다. 탄소섬유 골조에 성인 남성 다섯 배에 해당하는 완력을 지닌 괴물이 인간에게 패할 리 없었다. 조만간 바닥으로 내팽개쳐진 제이스의 곡소리가 들릴 것이다. 그런 생각을 하며 장비 밖으로 머리를 내밀었다.

어느새 드로이드는 집무실 절반을 지나고 있고, 제이스는 제자리에 선 채 다가오는 기계에 총구를 들이밀고 있었다. 그러다 상황이 여의치 않은 듯, 제이스는 엘리베이터를 향해 도망쳤다. 에드워드는 엘리베이터가 도착하기 전에 드로이드가 선제공격을 하길 바랐다. 자칫하면 그를 놓칠 수 있으니.

잠시 후 10층으로 엘리베이터가 도착했다. 그리고 상황은 예상과는 다르게 전개되었다. 드로이드 한 기가 그 안에서 내리는 것이 아

닌가.

그것은 제이스와 함께 온 드로이드였다. 헤이즐의 집무실로 발을 들인 드로이드는 곧장 앞에 있는 상대를 향해 달려들었다.

두 대의 드로이드가 서로를 향해 큼지막한 주먹을 휘둘렀다. 쾅, 부딪치는 소리가 공간에 쩌렁쩌렁 울리며 두 기기는 한 발짝씩 뒤로 밀렸다. 하나는 가슴 부위가, 다른 하나는 어깨에 있는 보호대가 쇳 소리를 내며 땅으로 떨어졌다.

신체 능력이 동일한 두 기기는 서로를 응시했다. 단 한 번의 일격에 승자가 결정될 수 있는 상황이었다. 마주 보고 선 두 드로이드 역시 그걸 아는 모양이었다. 먼저 헤이즐 측 드로이드가 등 뒤의 추진장치를 가동하며 적에게 달려들었다. 동시에 상대측 기기도 추진장치를 가동시켰다. 또 다시 쇳소리가 울려 퍼졌다.

드로이드의 싸움을 뒤로하고 이리로 곧장 다가오는 남자가 있었다. 제이스였다. 그는 한 손에 든 총을 앞으로 내민 채 헤이즐을 향하고 있었다. 헤이즐은 아무런 대비도 못한 채, 그저 눈앞에서 벌어지는 상황을 바라만 볼 뿐이었다.

"제이스가 오고 있어."

장비 밖으로 힐끔 머리를 내민 에일리가 말했다. 에드워드 역시 쿵쾅거리는 심장을 진정시키며 상황을 주시했다. 제이스는 헤이즐을 목표로 삼은 듯 그녀에게 다가들고 있었다. 혹여 장비 뒤에 몸을 숨긴 게 들킬까 봐 에드워드와 에일리는 고개를 숙였다.

제이스의 목소리가 귓가에 들려왔다.

"소장. 당신도 공범이야. 거부자와 놀아난 죗값을 치러야지."

"난 그런 일 한 적 없어."

그 말에 제이스가 기분 나쁜 웃음소리를 냈다.

"날 속일 생각일랑 집어치워. 지하에 있던 남자도 162세 거부자인 걸 직접 확인했다고."

지하의 남자라면 컬린을 말하는 것이었다. 그가 당한 것일까.

"곧 경찰이 이곳에 들이닥칠 거야. 아무래도 당신의 소장 직함은 오늘이 마지막인 듯싶군."

사면초가였다. 헤이즐 역시 제이스 앞에서는 할 수 있는 것이 아무것도 없었다. 두 드로이드가 유발하는 쇳소리는 여전히 길게 이어지고 있고 엘리베이터는 50미터 거리 밖에 있었다.

"이곳에 에드워드라는 녀석이 있지?"

제이스의 말에 몸을 숙인 에드워드는 소름이 돋았다.

"그놈을 따라왔어."

에드워드는 뒷목을 부여잡았다. 분명 바이오칩이 몸에서 빠져나가고 없었다. 뉴로넷도 접속이 불가한 것을 확인했다. 페이퍼도 던져버린 그였다. 그런데 어떻게 추적이 가능했단 말인가.

"칩을 제거했다며!"

에일리가 귓가에 속삭였다. 에드워드는 짧은 순간 다양한 변수를 헤아렸다. 하지만 도저히 납득이 되지 않았다. 또 다시 그때의 감정이 머리를 들이밀고 있었다. 커뮤니티가 붕괴될 때 느꼈던 그 무거운 죄책감.

"에드워드!"

제이스가 목청껏 소리쳤다. 화들짝 놀란 에드워드는 허리를 기기 아래로 구부렸다. 침을 꼴깍 삼켰다. 설마 장비 뒤에 숨은 것을 들킨 것일까.

발소리가 가까워지더니 이내 검은 그림자가 에드워드의 시야에 들어왔다.

"에드워드, 여기서 뭐해?"

에드워드는 떨리는 눈으로 고개를 들었다. 시선이 향한 곳에 제이스가 선홍빛 잇몸을 드러내며 씨익, 웃고 있었다.

"어, 어떻게 나를……"

"찾았냐고?"

제이스는 아래를 내려다보았다. 벌레를 쳐다보는 듯한 경멸 어린 눈초리가 기분 나빴다. 잠시 그렇게 쳐다보다가 툭 던지듯 말했다.

"광고판을 보지 말았어야지."

광고판? 설마 그 광고판이 문제였나. 뉴질랜드 청정지역을 들먹이던 탄산수.

에드워드는 턱이 벌어지며 자신도 모르게 어깨를 축 늘어뜨렸다. 추적의 단초를 제공한 것은 이번에도 그였다. 에일리를 도우려던 의도와는 달리 오히려 더 그녀를 위험에 빠뜨리고 만 꼴이 되었다.

제이스는 총으로 에드워드를 겨누었다.

"나와."

에드워드가 놀라 주춤하는 사이, 순간적으로 제이스가 허리를 아래로 구부렸다. 동시에 총소리가 울려 퍼졌다. 헤이즐이 총을 쏜 것이었다. 그녀의 의도와는 달리 탄환은 제이스의 등을 스쳐가 천장에 박혔다. 순식간에 벌어진 일이었다.

"등 뒤에서 총을 쏴?"

제이스는 허리를 펴 헤이즐 쪽을 바라보았다. 그의 목에 선명하게 핏줄이 솟았고 눈빛에는 분노가 차오르고 있었다. 제이스는 브레인스캐너 장비 뒤로 한 발짝 이동하며 헤이즐을 향해 총알을 발사했다.

"악!"

헤이즐의 비명이 뒤따랐다. 그 뒤는 고요했다.

제이스는 총구를 바닥으로 내렸다. 그가 시선을 아래로 깔며 에드워드에게 물었다.

"에드워드, 네가 큐브를 갖고 있나?"

"큐, 큐브?"

또 다시 큐브가 문제였다.

"그래, 데이터 큐브."

큐브라면 에드워드의 수중에 없었다. 에일리에게도, 헤이즐에게도 없었다. 그것은 등진 브레인스캐너 장비 중앙에 꽂혀 있다. 그걸 아직 모르는 것 같았다.

"아니, 없어."

"어디 있는지 알고 있나?"

에드워드가 머리를 굴리는 사이, 총구가 이마에 와 닿았다.

"소장처럼 되기 싫으면 얼른 대답하는 게 좋을 거야."

궁색한 변명을 해봐야 금세 탄로 날 게 뻔했다. 마땅한 답변이 떠오르지 않았다.

"말을 않는군."

제이스의 주먹이 에드워드의 안면을 강타했다. 묵직한 충격에 시야가 잠시 암전으로 변했다가 다시 정신을 차려보니 코에서 핏물이 흐르고 있었다. 바로 앞에 쪼그려 앉은 제이스는 그의 주머니 이곳저곳을 더듬고 있었다.

"어디 숨겼어! 수작부리지 말고 말해!"

등 뒤 장비에 붙어 있다고는 죽어도 말할 수 없었다.

"어차피 나머지 두 여자의 몸도 수색할 거야. 셋 중 누군가 가지고 있겠지."

제이스가 에일리에게 손을 옮기려던 순간, 찢어지는 굉음이 건물 전체에 울려 퍼졌다. 쇳덩이와 쇳덩이가 만나 유발되던 소음이 최고조에 달했다. 에드워드는 두 손으로 귀를 덮었다. 이 순간만큼은 제이스도 뒤로 물러서며 귀를 막았다.

이윽고 좌측 유리벽에 쩌억, 금이 가더니 그것들은 수백, 수천의 파편들로 변했다. 낱낱이 쪼개진 유리 파편은 그대로 건물 밖으로 쏟아져 내렸다. 최대 출력으로 싸우던 드로이드 두 기가 서로 엉겨붙은 채로 유리벽과 충돌한 것이었다.

쉽게 말해 건물의 왼쪽 벽이 사라졌다. 그 너머 외부가 보였다. 어느새 어둠이 짙게 내려앉아 있었으며, 그 아래로 고즈넉한 마을이 잠들어 있었다.

이번에는 제이스가 에일리를 내려다보았다.

"모른다고 말할 거지?"

"당신…… 경찰이었어?"

에일리가 눈을 부릅뜨며 물었다.

"그걸 이제 알았나?"

그가 기분 나쁜 웃음을 지으며 물었다.

"큐브는?"

"없어."

제이스는 총을 쥔 손으로 에일리의 머리를 때려 바닥으로 눕히고는 부상당한 팔을 짓밟았다.

"으악!"

에일리의 비명이 뒤따랐다. 에드워드는 주먹을 불끈 쥐었다. 하지만 그뿐이었다. 용기가 나지 않았다.

제이스의 한쪽 다리에 점점 더 많은 하중이 가해지고 있었다. 에일리의 비명도 커져만 갔다. 허우적대는 그녀는 눈에 흰 자위를 드러내며 몸에 경련을 일으키고 있었다. 거의 실신 직전이었다.

다음 순간 주먹이 어떻게 튀어 나갔는지 모르겠다. 뜨거운 물을 만졌을 때 신체가 일으키는 무조건반사 작용처럼, 근육의 신경세포가 절로 몸을 움직였다.

혼신의 힘이 실린 한 방이었다. 에드워드가 내지른 주먹이 제이스의 턱을 가격했다. 무방비로 있던 그는 외마디 비명과 함께 뒤로 쓰러졌다.

두 번째, 세 번째 타격이 잇따라야 할 테지만 에드워드의 공격은 그것으로 끝이었다. 그에게는 제이스를 공격하는 일보다 에일리를 살피는 일이 먼저였다.

"괜찮아요?"

조심스레 그녀의 팔을 들어보니 멎었던 피가 다시 샘솟고 있었다. 에드워드는 환부를 살피려다 옆에서 날아온 발에 얼굴을 가격 당했다.

"이 자식이."

허리를 곧추세운 제이스는 목을 좌우로 돌리며 뼈 소리를 냈다. 입을 오물거리며 뱉어낸 침에는 벌건 피가 섞여 있었다.

제이스는 총을 꺼내어 에일리에게 들이밀었다. 흥분 상태였고 화가 머리끝까지 난 모습이었다. 총알이 장전되더니 총구가 에일리의 복부로 향하는 것이 보였다. 그리고 방아쇠에 걸린 손가락에 천천히 힘이 들어가고 있었다. 발사를 앞둔 순간 에드워드가 소리쳤다.

"말할게요!"

제이스와 눈이 마주쳤다.

"여기, 이 장치 안에 큐브가 있어요."

에드워드는 한 손으로 브레인스캐너를 가리켰다.

잠시 정적이 내려앉았고, 씩씩거리던 제이스는 총구를 거두었다.

그리고 그는 곧장 브레인스캐너 앞으로 다가갔다. 굳었던 그의 얼굴이 다시금 상기되었다.

"드디어 찾았군."

제이스는 장치 안으로 손을 뻗었다. 큐브가 그의 손에 들리자 유리벽으로 투영되던 영상이 모두 중단됐다. 투명한 유리벽 너머로 어둠에 잠긴 마을이 보였다.

"안 돼. 큐브를…… 돌려줘."

바닥을 기다시피 움직이는 헤이즐이 제이스를 향해 한 손을 뻗었다. 그녀는 총알이 관통한 배를 바닥에 끌며 움직이고 있었다. 카펫 위로 그녀의 지나온 흔적이 빨갛게 그려져 있었다.

제이스는 헤이즐에게 다가갔다. 헤이즐의 손이 그의 발목을 붙잡았다.

"이걸 원하나?"

그는 무릎을 굽혀 큐브를 헤이즐 앞에 들어보였다.

"이리…… 돌려줘……"

헤이즐이 팔을 뻗었지만 큐브에 닿긴 역부족이었다. 그녀의 기운 없는 손은 이내 땅으로 털썩 흘러내렸다.

"에일리, 큐브를 되찾긴 어렵겠어요."

에드워드가 작게 속삭였다. 에일리는 대답이 없었다. 지금은 큐브보다 탈출할 방법을 찾는 게 현명한 판단일 것이다.

에드워드는 엘리베이터가 있는 출구를 바라보았다. 50미터 거리. 긴 거리를 제이스의 눈에 띄지 않고 주파할 자신은 없었다. 제이스는 여전히 헤이즐의 눈앞에서 큐브로 약을 올리고 있었다.

에드워드의 시선이 헤이즐과 마주쳤다. 그녀는 입모양으로 무언가를 말하고 있었다. 죽음을 예견한 것일까. 그것은 '안녕'이라는 짧은 인사말이었다. 그리고 그녀는 말을 이었다.

"에드워드, 큐브를…… 이안에게 꼭…… 전해줘요."

남은 힘을 모조리 그러모은 듯, 헤이즐의 목소리는 에드워드의 귓가에 똑똑히 들렸다. 에드워드는 의아해하며 물었다.

"다시 이안에게 말입니까?"

제이스가 어이없다는 듯 웃으며 그녀에게 얼굴을 들이밀었다.

그때 헤이즐은 얼굴에 미소를 띠우고 있었다.

"웃어?"

큐브를 이안에게 전달하라는 말. 에드워드는 그 말이 이해되지 않았다. 큐브는 현재 제이스의 수중에 있지 않은가. 게다가 그걸 다시 이안에게 돌려주라니.

에드워드는 고개를 돌려 다시 도망가기 위한 최적의 경로를 탐색했다. 그때 에일리가 에드워드의 손목을 붙잡았다. 그녀가 나지막이 소리치며 가리킨 것은 헤이즐이었다. 그녀의 머리가 풍선처럼 부풀어 올랐다. 그때까지 제이스는 아무것도 모르고 있었다.

제이스가 이상한 낌새를 눈치 챘을 때는 헤이즐의 양팔이 그의 허리를 단단히 옭아맨 뒤였다. 머리는 더욱 더 부풀었다.

"뭐, 뭐야!"

다음 순간, 섬광이 일며 그녀의 머리가 폭발했다. 사람의 머리가,

폭탄처럼 터진 것이다. 대기가 흔들렸고, 귀가 저려왔다.

충격은 고스란히 제이스에게 전달됐다. 얼굴과 상체에 심한 화상을 입은 제이스는 그 자리에 쓰러졌다. 그의 손에 있던 큐브가 카펫 위로 또르르 흘러내렸다.

순식간에 벌어진 일.

상식적인 설명이 불가능한 상황이었다.

깨진 유리벽 너머로 호버카 무리가 다가오고 있었다. 10층에서 너무 오래 시간을 허비했다. 큐브는 다시 에드워드의 수중에 들어왔고, 두 사람은 곧장 집무실을 가로질러 엘리베이터에 탑승했다.

버튼이 눌리는 층은 지하 2층뿐이었다. 다시 난쟁이의 집을 통해 밖으로 나가는 길밖에 방법이 없었다. 엘리베이터 유리벽 너머로 주변에 무수히 깔린 경찰 병력의 모습이 보였다.

"큐브를 어떻게 하지?"

"모르겠어요. 일단 여길 빠져나가고 생각해요."

두 사람은 지하로 접어들었다. 기억을 더듬어 한 구획, 한 구획 걸음을 옮겼다. 복도는 미로와도 같았다. 갈림길이 계속해서 이어졌고 그럴 때마다 조금 나아갔다 돌아오기 일쑤였다. 막다른 길에 들어설 때면 다시금 원점으로 되돌아와야 했다. 당연히 시간이 배로 걸릴 수밖에 없었다. 그럼에도 그들은 차근차근 난쟁이의 집을 향해 나아가고 있었다.

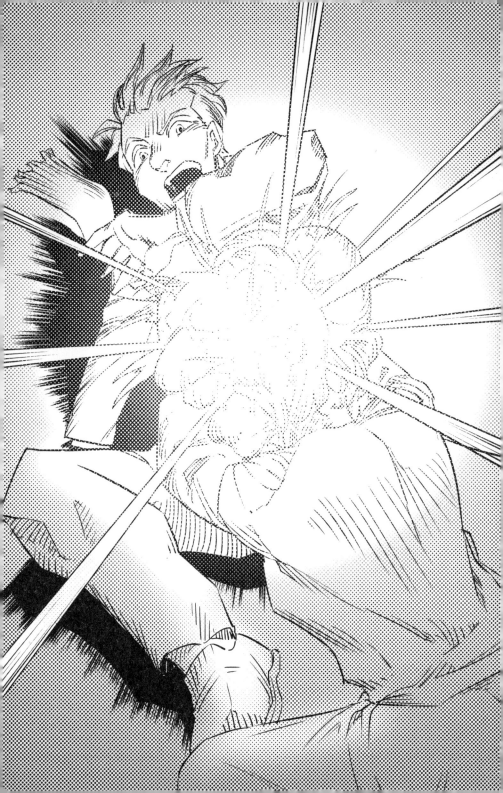

한참 길을 헤맨 뒤, 네 번째 T자로에 들어선 순간 두 사람은 컬린을 발견했다. 컬린은 벽에 등을 기대어 앉은 채 이마에 손을 얹고 있었다. 표정이 어둡기는 하나 큰 부상을 당한 것은 아닌 듯했다. 에드워드는 안도했다.

"컬린!"

그가 돌아보더니 눈을 질끈 감았다가 다시 떴다.

"에드워드?"

"어서 도망가야 해요. 10층에 병력이 집결하고 있어요."

에일리가 컬린은 부축하며 말했다.

"헤이즐 소장님은 어떻게 됐습니까?"

에드워드는 힘없이 고개를 저었다.

"소장님께 문제가 생겼군요. 자세한 얘기는 여길 빠져나가고 합시다."

"난쟁이의 집으로 가는 건가요?"

에일리가 묻자 컬린이 고개를 끄덕였다.

"일단은요. 하지만 그곳 역시 방어가 뚫린 상황이기에 안전하다고만은 할 수 없습니다."

에드워드는 제이스를 떠올렸다. 제이스는 난쟁이의 집을 통해 들어왔을 것이다. 그것은 난쟁이가 위험할 수 있다는 말이었다. 그는 앞서가는 컬린에게 물었다.

"그녀는 지금 무사한가요?

"저도 모릅니다. 도착해봐야 알 것 같습니다."

컬린은 에드워드의 부축을 받아 천천히 발을 뗐다. 그는 두세 걸음 움직이더니 부축이 필요치 않을 것 같다 말하며 조금씩 걸음에 속도를 냈다. 에드워드는 에일리의 팔에 난 상처를 바라보았다. 붕대 위로 피가 묻어나왔지만 그녀 역시 아직은 괜찮아 보였다.

컬린을 따라 이동하다 보니 파손된 두 기의 드로이드가 나타났다. 컬린은 그중 한 대에 다가가 부서진 파편들을 지긋한 눈으로 바라보았다.

"이것이 우리 것, 다른 하나는 상대방이 갖고 들어온 겁니다."

"저를 공격했던 게 이건가요?"

컬린이 그렇다고 말하며 다시 걸음을 옮겼다.

"혹시 헤이즐에게서 이상한 점을 느낀 적은 없나요?"

에일리가 물었다.

"무슨 일이 있었습니까?"

"헤이즐의 머리가 폭발했어요. 상대방을 끌어안은 채로요. 마치 자폭이라도 한 것처럼 말이죠."

컬린이 걸음을 멈추고 뒤를 돌아봤다.

"그게…… 가능합니까?"

"직접 봤습니다. 저와 에드워드가 보는 앞에서 폭발했으니까요."

그는 아무것도 모르는 듯했다.

"상사에게 그런 일이 생기다니……"

에일리가 안타까운 목소리로 말했다.

"사실 헤이즐 소장님은 제 상사가 아닙니다. 저는 소속 커뮤니티가 있고, 그곳에서 명령을 받은 것이지요."

컬린이 다시 앞서 걸으며 말했다.

"이제 여기서 오른쪽으로 꺾으면 난쟁이의 집입니다."

세 사람이 모퉁이를 돌자 길게 직선으로 이어지는 복도가 나왔다. 에드워드와 에일리가 처음으로 발을 들인 곳이었다. 복도 끝에 난쟁이의 집으로 통하는 철문이 보였는데 그 문은 열려있었다.

일행은 문을 통과하여 사다리를 타고 올랐다.

1층에 오르니 부엌에 쓰러져 있는 난쟁이가 보였다. 컬린이 가장 먼저 그녀에게 달려갔다.

"이봐, 이봐!"

컬린은 난쟁이의 목에 검지와 중지를 갖다댔다.

"죽었어요?"

에일리가 묻자 컬린은 입을 굳게 다문 채 힘없이 고개를 끄덕였다.

에드워드는 비통한 표정으로 난쟁이를 바라보았다. 신장 1미터를 겨우 넘긴 자그마한 체구는 미동도 없이 누워 있었다. 마음이 괴로웠다. 이번에도 사람이 죽었다. 그가 추적을 당해 또다시 이런 결과가 빚어진 것이다. 에드워드의 마음속에는 자책감과 더불어 전에 없던 분노가 생기고 있었다. 그것은 자신의 실수에 대한 울분이자, 잔인한 경찰과 공권력에 대한 분노였다.

그때 무언가를 감지한 컬린이 쉿, 하는 소리와 함께 장식장 뒤로 몸을 숨겼다. 잠시 뒤 화장실에서 한 남자가 문을 열고 나왔다. 무장경찰이었다.

경찰은 컬린이 있는 방향으로 천천히 걸음을 옮겼다. 컬린이 기습하여 그의 목을 비틀자 경찰은 비명도 지르지 못하고 쓰러졌다.

"집 안에 아직 놈들이 남아 있을지도 모릅니다."

에드워드는 창문으로 다가갔다. 외부로부터 왁자지껄한 소음이 밀려들고 있었다. 살짝 커튼을 젖히니 수십 명에 달하는 경찰 병력이 눈에 들어왔다. 전투용 드로이드도 세 기나 있었다. 한쪽 창문을 통해본 장면이 그 정도면 예측컨대 집 주변은 완전히 포위된 듯했다.

난쟁이의 집을 통해 밖으로 나가는 길은 포기해야 했다. 그렇다면 다시 지하 복도로 돌아가야 하나.

아랫입술을 잘근 깨물며 고민하던 에드워드는 문득 컬린의 기습으로 기절한 경찰을 바라보았다. 시간이 없다. 최대한 빨리 결정해야 한다. 더 이상 지체하면 기절한 동료를 찾으려고 다른 경찰이 들이닥칠 것이다.

일단 어디로든 이동해야 했다.

탈주

집 주변은 달갑지 않은 검은 물결 일색이었다. 세 사람의 얼굴에 짙은 그늘이 드리워졌다. 대안을 찾아야 했지만 마땅한 묘안이 떠오르지 않았다.

"컬린, 이 집에 다른 출입문은 없어요?"

"다시 지하로 갑시다."

에일리의 질문에 컬린이 대답했다.

세 사람은 사다리를 타고 지하로 내려가 다시 하얀 복도 안으로 들어갔다. 모두가 복도 안에 몸을 두었을 때, 컬린이 뒤돌아 나무문 위에 손을 짚었다. 몸의 무게중심이 오른쪽으로 쏠리는가 싶더니 이내 나무문이 같은 방향으로 움직였다. 공간이 둘로 분리됐다.

컬린은 같은 식으로 나무문과 맞닿은 철제문에 또 한 번 무게를

실었다. 이번에는 꼼짝도 하지 않았다.

"역시 안 되는군."

컬린이 허탈한 듯 말했다. 에드워드가 같이 해보자고 말하며 달라붙었다. 에일리도 가세했다. 셋이 젖 먹던 힘을 냈지만 하지만 문은 꼼짝도 하지 않았다.

"이 문은, 힘으로, 안 닫히나요?"

에일리가 헉헉거리며 물었다.

"난쟁이의 눈이 있다면 가능합니다만……"

컬린이 말끝을 흐렸다.

"소용없어요. 죽은 사람의 홍채로는 신원 확인이 불가능해요. 홍채근이 풀리거든요."

에드워드가 말했다. 일행은 문에서 돌아서 지하로를 빠른 걸음으로 걸었다. 오늘로 벌써 세 번째 걷는 길이었다. 부서진 두 기의 드로이드를 지나자 T자로가 보였다. 그곳에서 오른쪽으로 꺾어 조금 들어가면 엘리베이터가 나온다.

일행이 엘리베이터를 앞둔 모퉁이에 당도했을 때, 앞서 걷던 컬린이 검지를 입술에 갖다댔다. 그는 주머니에서 반짝이는 물건을 끄집어냈다. 드로이드의 파편이었다. 컬린은 팔을 허리 아래로 길게 뻗으며 시선은 파편을 바라보았다. 도구를 거울삼아 팔의 각도를 천천히 돌려보더니, 이내 반대쪽 손가락 두 개를 이리로 들어보였다. V자다. 꺾어지는 모퉁이 너머에 훼방꾼이 둘 있다는 소리였다.

에일리가 가능하겠냐고 채 묻기도 전에 컬린은 등을 보이며 모퉁이 밖으로 한 발짝 나아갔다.

"멈춰!"

사내의 외침이 들렸다.

"투항하겠습니다."

컬린의 목소리가 뒤따랐다.

정적이 이어지고 있었다. 하지만 에일리는 왠지 그곳의 상황이 그려지는 듯했다. 갑작스런 투항자의 등장에 당황한 요원이 대응방안을 모색하는 것이리라. 관자놀이 옆으로 양손을 높이 치켜든 컬린의 모습은 이쪽에서도 볼 수 있었다. 비교적 여유 있는 모습이었다.

"범인이 몇 명이랬지?"

요원 중 하나가 동료에게 묻는 듯했다. 질문을 받은 동료는 그 질문을 그대로 컬린에게 던졌다.

"어이, 다른 놈은 어디 있어? 여자가 하나 더 있다고 들었다."

"여자는 도주했습니다."

"그래? 그럼 네가 에드워드인가?"

"맞습니다."

컬린은 스스로를 에드워드라 말하고 있었다. 에드워드란 이름이 이미 경찰 사이에 공유된 모양이었다. 에일리란 이름도 공유되었을 것이다.

"손 머리 위로 하고 두 보 앞으로 와."

두 발자국을 내딛자 에일리의 시야에서 그가 사라졌다. 다음 순서는 안 봐도 뻔했다. 컬린의 눈앞으로 인식기를 들이밀어 신원조회를 진행할 것이다.

"으악!"

남자의 비명소리가 들려왔다. 컬린이 손을 쓴 것이었다. 이어 두 번째 비명도 들려왔다.

"이제 나오셔도 됩니다."

모퉁이를 돌자 두 경찰요원 모두 바닥에 널브러져 있었다. 찌그러진 코에서는 코피가 흘러나오고 있었다. 한 사람당 주먹 한 방씩. 컬린의 실력을 확인할 수 있었다.

컬린은 쓰러진 두 사내로부터 총기 한 정씩을 빼들었다. 그중 하나가 에일리에게 주어졌다. 이윽고 유리문 일색의 엘리베이터가 도착하고 일행은 몸을 실었다.

컬린이 10층을 누르자 엘리베이터가 움직였다. 지하 1층에 접어들 때 에일리는 1층을 터치했다. 버튼에 불이 들어오지 않았다. 엘리베이터는 그대로 1층을 지나쳤다.

"이 엘리베이터는 지하와 10층만 오갈 수 있습니다."

컬린이 말했다.

"10층은 안 돼요!"

이대로 다시 10층으로 돌아갈 수는 없었다. 그곳에는 이미 깨진 창문으로 모여든 경찰 병력들이 상당할 것이다.

"알고 있습니다. 잠시 자리를 비켜주시죠."

엘리베이터는 3층을 지나 4층에 도착하려던 참이었다. 에일리가 자리를 내주자, 컬린은 버튼이 달린 벽 앞에 서서 상단 덮개를 열어 젖혔다. 빠른 손놀림으로 홍채인식 과정을 마치자 덜컹, 엘리베이터가 움직임을 멈췄다. 4층과 5층 사이였다.

"뒤로 물러나십시오. 귀를 막는 게 좋을 겁니다."

컬린이 총을 빼들며 말했다. 좁은 공간에서 총을 쏘면 고막에 가해지는 충격이 상당할 것이다. 에일리는 멀뚱히 서 있는 에드워드에게 귀를 가리라고 말하고는 두 손으로 자신의 귀를 막았다.

양쪽 문에 한 발씩, 두 번의 총성이 울렸다.

하나의 결정이던 유리가 수백으로 쪼개지며 바닥으로 흘러내렸다. 사람이 통과하기에 충분한 틈이 만들어졌다. 컬린이 먼저 몸을 빠져나갔고 다음으로 에일리가 허리를 숙여 4층으로 점프하듯 발을 들였다.

"아, 여기는 캡슐실이군요."

마지막으로 엘리베이터를 빠져나온 에드워드가 허리를 펴며 말했다.

그의 말대로 눈앞에 일정 간격으로 꽂힌 배양캡슐이 체스판 위의 말처럼 빽빽하게 늘어서 있었다. 어림잡아 3제곱미터 당 한 개의 캡슐. 공간 활용도로 치자면 이보다 더 효율적일 수는 없겠다 싶었다. 천장의 조명은 모두 소등된 상태였지만 캡슐이 내는 푸르스름한 불빛으로 인해 내부는 충분히 밝았다. 따로 관리인은 없었고 다행히 드로이드도 보이지 않았다.

에드워드는 캡슐 앞으로 달려가 기기 여기저기를 살피기 시작했다. 직업병이 도졌나 보다.

"십 년 전 단종된 모델이군요."

"이 모델을 알고 계십니까?"

"알다마다요. 학창시절, 이 모델로 배양실습을 했었으니까요."

에드워드가 흥분된 목소리로 말했다.

"여기 배양시술비가 얼마 정도 되죠?"

"전신배양의 경우 50만 BTC 정도가 소요됩니다."

"제가 근무하는 병원보다 훨씬 저렴하군요."

"단, 무조건 모체를 기증하는 조건입니다. 모체는 부위별로 분리되어 싼 값에 판매되지요."

"지금 뭐하고 있어요. 엎드려요!"

에일리의 외침이 있고 창문 밖에서 강한 빛이 쏟아져 들어왔다. 무대 위를 비추는 핀 조명처럼 일정 크기의 원을 쏘아대는 감시차량이었다. 차량은 먹이를 찾는 맹수처럼 건물 주변을 어슬렁거리고 있었다.

컬린이 앞서 캡슐 사이를 비집고 들어갔다. 세 사람은 발걸음을 쉬지 않고 놀렸다. 컬린은 특정 캡슐에서 왼쪽으로 꺾고 거기서 몇 블록을 더 움직여 오른쪽으로 꺾었다. 구불구불 꺾어드는 길을 따라 이동하자 마침내 체스판 끝자락에 닿았다.

"저기 비상문이 보이죠? 문을 나가면 밖입니다."

컬린이 턱으로 가리킨 곳에 비상구 유도등을 단 출입문이 보였다.

비상문이기에 특별한 인식과정 없이 바로 안에서 밖으로 열 수 있는 구조였다.

세 사람은 캡슐 하나당 한 명씩, 출입문을 등진 채 서 있었다. 비상구까지의 거리는 대략 10미터. 뛰면 2초도 안 돼 닿을 거리였다.

하지만 밖에서 들이치는 핀 조명이 비상구로 이어지는 그 길목을 검문소처럼 지키고 있었다. 그 외에도 서너 개의 조명이 세 사람 바로 앞까지 들락거려, 한시도 긴장의 끈을 놓아서는 안 되는 상황이었다.

"비상구를 나가면 외벽을 따라 지그재그 형태의 계단이 붙어 있습니다. 지상까지 곧장 내려갈 수 있어요. 내려간 뒤 바로 앞으로 난 작은 길을 건너면 가게가 늘어선 골목입니다."

컬린은 셋 중 가운데 캡슐을 등지고 있었다. 가장 좌측에 있던 에드워드가 입을 열었다.

"저 조명이 버티고 선 이상 비상구까지 건너갈 수 없어요. 설령 문을 나간다 해도 바로 발각될 거고요."

그 말이 맞다. 건물 외벽을 따라 수직으로 계단이 이어지고 있다면, 당연지사 경찰이 감시하고 있을 것이다. 컬린도 모르지 않을 것이다. 그는 잠시 상황을 지켜보자고 말했다.

몇 분을 기다렸다. 길목을 비추는 조명은 붙박이인 듯 떠날 생각을 하지 않았다.

"이렇게 합시다."

총을 들어 보인 컬린이 작전을 설명했다.

비상구에서 먼 쪽 유리를 깨뜨려 시선을 유도하자는 것이었다. 에일리는 고개를 들어 좌우를 살폈다. 거의 모든 캡슐들이 내부에 생명체를 배양하고 있었다. 캡슐에 손상을 주지 않고 총알을 날리려면, 캡슐과 캡슐 사이에 몸을 두고 유리벽을 겨냥하는 수밖에 없었다. 하지만 그럴 경우 시야각이 매우 좁았다. 기껏해야 비상구에서 10미터 떨어진 유리벽을 공격할 수 있다는 계산이 나왔다.

"각이 너무 좁아요. 멀리 떨어진 유리벽을 조준할 수 없는 데다가 시선 유도는커녕 감시자만 더 몰려들 거예요."

입술을 굳게 다문 컬린은 고개를 끄덕였다. 동의한단 말이었다.

다시 정적이 이어졌다. 뚜렷한 대안이 나오지 않는 사이, 에일리는 컬린의 작전을 되새겼다. 그의 말대로 비상구에서 먼 곳의 유리를 깨뜨린다면 일말의 가능성이 있지 않을까? 하지만 이를 위해선 다소 내키지 않는 전제조건이 필요했다. 누군가 캡슐 사이를 지나 비상구에서 먼 쪽까지 이동하여 총알을 날려야만 했고, 또 그 누군가는 비상구를 온전히 탈출하지 못할 수도 있었다. 별로 좋은 작전이 되지 못했다.

"혹시 이건 어떨까요."

에드워드가 의견을 냈다.

"호버카 한 대가 필요한 조건이긴 해요."

"차량이라면 제게 하나 있습니다."

컬린이 페이퍼를 꺼내들며 말했다.

에드워드가 작전을 설명하자 컬린이 고개를 끄덕이며 맞장구를 쳤다.

"좋은데요? 이걸로 합시다."

"어때요, 에일리는?"

에드워드가 물었다. 에일리는 팔짱을 끼고 시선을 땅에 박은 채 상황을 그려보았다. 그의 작전은 이목을 끌기에도 충분했고 누군가의 희생을 요구하지도 않았다. 괜찮은 방법이었다. 아니, 이보다 더 좋은 대안은 없어보였다.

"그걸로 갑시다. 바로 실행해주겠어요, 컬린?"

"알겠습니다."

컬린은 페이퍼에 화면을 띄웠다. 그리고 현재 위치로 그의 차량을 불러들였다.

30초가 지났다. 창문 밖으로 작전을 도와줄 훌륭한 조수가 등장했다. 바로 컬린이 페이퍼로 불러들인 그의 호버카였다.

갑작스런 호버카의 등장에 주위 감시 차량의 조명이 일사불란해졌다. 곧 그들 조명이 하나에 집중되었다. 컬린의 차량은 무대 위 배우처럼 조명을 한몸에 받고 있었다.

"그 자리에 정지하라!"

"창문을 열고 신원을 밝혀라."

호버카는 조명세례에 이어 질문 세례를 받고 있었다. 물론 답변은 없었다. 덕분에 비상구로 향하는 길목을 비추던 조명도 자취를 감

쳤다.

지금이다.

에일리는 10미터 거리를 단숨에 주파했다. 에드워드와 컬린이 뒤따랐다. 거리는 고작 10미터였지만 그 긴장감은 이루 말할 수 없을 정도로 강렬했다.

차량에 시선이 집중된 이때가 건물을 탈출할 절호의 기회이리라. 에일리는 바로 문손잡이에 손을 댔다.

"잠시만요!"

컬린이 외쳤다.

"문 너머에 놈들이 있습니다. 아직 열면 안 돼요."

에일리는 문에 귀를 댔다. 문 너머에서 확성기 소리가 들려오고 있었다. 그리 멀지 않은 거리였다.

"제가 따돌리겠습니다."

컬린이 말했다. 그는 유리벽으로 살짝 고개를 내밀어 바깥 상황을 주시했다. 그리고 그의 호버카가 공중에서 원을 그리도록 방향을 바꾸었다.

"더 이상 움직이면 발포한다."

바깥 상황이 들려왔다. 바람 가르는 소리가 들리더니 컬린의 차량이 하늘로 솟구쳤다. 당황한 경찰들의 허둥대는 소리가 들렸다.

이윽고 몇몇 차량이 컬린의 호버카에 따라붙었을 때 그의 차량은 좌에서 우로, 위에서 아래로 도발하듯 움직였다. 최고 속도였고 규칙성 없는 동선이었다. 이는 경찰 차량의 대열을 흐트러뜨리기에 충분했다.

작전은 기대 이상이었다.

"어떻게 한 거죠 컬린?"

에일리가 물었다.

"계속해서 차량 목적지를 바꿔주고 있습니다. 처음에는 1층 정문 앞, 다음은 10층에 난 옆문, 그 다음은 5층 건물 뒷면. 이런 식으로 요."

호버카는 변덕스럽게 조종하는 주인의 지시를 충실히 수행하고 있었다. 경찰에게는 사건과 연계된 범인으로 보일 수 있었다.

"멈춰!"

이제 확성기 소리에서 충분한 거리감이 느껴졌다. 에일리는 잡은 손잡이에 힘을 주어 문을 열었다. 머리를 조금 내밀어 외부 동태를 살폈다. 그곳에 경찰 차량은 없었다. 호버카 무리들은 10층 높이에서 범인을 추격하고 있었다. 도망갈 만했다. 일행은 비상구를 빠져나왔다.

그런데 미처 깨닫지 못한 것이 있었다.

작전은 반은 성공이었고 반은 실패였다. 경찰의 시선을 돌려놓는 데는 성공한 셈이었다. 하지만 세 사람은 이 광경을 구경하기 위해 몰려 있던 사람들의 시선을 한몸에 받고 있었다. 공교롭게도 일행이 발을 딛고 선 지그재그 형태의 계단은, 가게가 늘어선 골목에서 가장 눈에 잘 띄는 장소였다.

지상의 구경꾼들은 어림잡아 수십은 되는 듯했다. 마을 어귀의 어두운 골목까지 치면 그보다 많을 수도 있었다. 혹자는 페이퍼를 꺼내들었고 누군가는 사진을 찍었다. 이미 뇌파를 통해 신고한 사람도 있을 것이다.

고민의 여지가 없었다. 셋은 한달음에 계단 아래를 향해 달렸다.

호버카 무리는 여전히 하늘에 뒤엉켜 있었다.

"컬린, 잠시만 더 하늘에 경찰을 묶어둬요."

"알겠습니다."

에일리의 발이 지면에 닿았다. 땅으로 내려오니 눈앞에 있는 구경꾼들이 보다 위협적으로 느껴졌다. 그녀는 빠른 눈으로 군중을 훑었다. 어린이나 노인은 보이지 않았다. 무리 중 성인 남성만 대략 서른쯤 되는 듯했다.

"범인이 여기 있다!"

한 남자가 소리쳤다. 또다시 발등에 불이 떨어졌다. 컬린은 페이퍼를 에드워드에게 인계하고 저는 공격적인 자세로 자리를 박차고 나갔다. 그의 위협에도 사내들 대다수는 겁을 먹지 않았다. 컬린은 허리춤에 찔러둔 무기를 꺼내어 총구를 좌에서 우로 휘저었다. 그나마 효과적이었는지 적극성을 띠던 군중조차 주춤거리며 물러났지만 모두 그런 것은 아니었다. 두어 명의 집요한 사람들이 있었다.

먼저 덩치 큰 남자가 공사현장에서 쓰이는 육중한 스패너를 들고 컬린에게 달려들었다. 두꺼운 점퍼로 상체를 덮은 그였지만, 손등에 선연한 핏줄만은 그대로 드러나 있었다. 몸 쓰는 직업을 가진 자 특유의 탄력적인 근육질을 옷 안에 감추고 있을 것 같았다.

컬린은 망설이지 않고 탄환을 발사했다. 무릎에 총알이 박힌 남자는 비명을 내지르며 앞으로 고꾸라졌다.

또 다른 위협은 구경꾼 사이에 섞여 있는 자였다. 그는 컬린을 향해 총구를 조준하고 있었다.

"컬린! 두 시 방향이에요!"

에일리가 발견하여 소리쳐주었기에 망정이었다. 하마터면 컬린의 목숨도 여기서 끝날 뻔했다. 컬린이 날린 총탄이 구경꾼 사이에 몸을 둔 그 남자의 팔을 꿰뚫었다. 동시에 수렵용 엽총이 바닥으로 떨어졌다.

이제 구경꾼 중 더 이상 일행을 위협하는 자는 없었다. 다만 신고자가 속출할 뿐이었다.

아니마연구소 건물이 꺾이는 좌측 모퉁이에서 경찰 병력이 손에 불을 밝히며 이리로 다가오고 있었다. 에일리는 스패너를 들었던 남자를 뛰어넘어 2차선 도로를 건넜다. 그녀도 허리춤의 총을 꺼내어 앞으로 들이밀었다. 그러자 구경꾼들이 우왕좌왕하며 좌우로 갈라섰다.

일행은 골목 안으로 접어들었다. 골목은 한산했으며 일정한 간격으로 박힌 가로등이 길게 이어지고 있었다. 사람 다섯이 나란히 걸으면 꽉 찰 정도의 골목은 좌우로 2, 3층, 높아야 4층 정도의 건물이 촘촘히 붙어 있고, 바닥에는 네브래스카 주를 상징하는 알파벳 N자

가 정사각형 보도블록마다 하나씩 새겨져 독특한 패턴을 이루고 있었다. 밤 9시가 다 된 시각, 지금까지 문을 연 곳은 홀로그램으로 맥주병 모양을 띄우고 있는 펍이 유일한 듯했다.

"비켜! 비키라고!"

앞서 달리는 컬린이 눈앞에 거치적대는 사람들에게 고함을 질러댔다. 겁에 질린 사람들이 너나 할 것 없이 길을 터줬음은 물론이다. 컬린이 뚫어놓은 길을 따라 에일리와 에드워드는 비교적 수월하게 골목을 지날 수 있었다. 연신 비키라는 말을 내뱉던 컬린의 목소리가 어느 순간 벽으로 밀착하란 소리로 바뀌었다.

그 소리가 있고 얼마 안 되어 대형차량 한 기가 머리 위를 스치듯 지나갔다. 유도무기를 짊어진 대공차량이었다. 벽에 몸을 기댄 에일리는 차량의 뒤를 뚫어지게 바라보았다. 낮고 느리게 나는 차량은 아니마연구소를 향해 다가가고 있었다.

"에일리, 안 오고 뭐해요? 뒤로 경찰이 온다고요."

에드워드가 다급히 물었다. 하지만 그녀의 시선은 여전히 차량을 쫓고 있었다.

"에드워드! 호버카 속도를 최대치로 올려!"

달리던 컬린이 뒤를 돌아보았다. 이미 대공차량 무기는 조준을 마친 상태였다. 그건 호버카를 구제할 수 있는 최후의 순간이 지나버렸음을 의미했다.

"엎드……"

컬린의 말이 채 끝나기도 전에 번쩍, 섬광이 일며 유도무기가 공기를 찢었다.

폭발이 일었다.

뜨거운 강풍이 불어 닥쳤다.

몸이 앞으로 고꾸라지며 근처의 사람들이 바닥에 널브러졌다.

에일리는 한 손으로 얼얼한 고막을 감싸며 몸을 일으켰다.

"자, 어서 여길 빠져 나갑시다. 조금만 더 가면 숲이에요."

호버카를 잃은 컬린은 대수롭지 않다는 표정으로 말하곤 뒤돌아 달렸다. 에드워드도 따라 달렸다.

"이쪽입니다. 여기 범인이 있어요!"

한 여자가 외치는 소리에 에일리는 정신이 번쩍 들었다. 컬린과 에드워드는 이미 앞서 달리고 있고, 그녀 뒤로는 10미터 거리에 시끄러운 여자가, 그 너머 30미터 거리에는 경찰 무리가 있었다.

"여기예요, 여기!"

에일리가 총을 빼들어 앞으로 겨누자, 시끄러운 여자가 양 손을 부리나케 흔들며 냅다 뒤로 달렸다. 에일리도 에드워드가 있는 방향으로 뛰어갔다.

전력으로 질주하여 한달음에 에드워드의 바로 뒤까지 따라붙었다. 숨이 턱밑까지 차올라 잠시 무릎에 손을 짚고 허리를 굽혔다. 지면을 디딘 발과 보도블록이 시야에 들어왔다.

두 차례 깊게 심호흡을 했다. 심장이 제자리를 찾아가는 것 같았다.

그녀의 시야 안쪽으로 남자의 발이 성큼 들어왔다.

"에일리, 저길 보세요."

에드워드의 목소리였다. 이제는 살 길이 생겼다는 안도감이 묻어 나는 목소리였다.

에일리는 고개를 조금 들었다. 길게 이어지던 보도블록의 종착지 가 시선 끝에 있었다. 허리를 꼿꼿이 세우고 고개를 조금 더 들자 검 정 일색의 하늘이 눈에 들어왔다. 그런데 자세히 보니 하늘이라는 검은 도화지 위에 보다 더 짙은 색으로 우뚝 솟은 무언가가 보였다. 그것은 나무, 아니 숲이었다. 울창하니 나무가 우거진 숲.

"숲……"

숲을 보자 에일리는 오히려 맥이 탁 풀렸다. 후, 하고 긴 한숨이 흘러 나왔다. 안도의 한숨이 아닌, 한탄 섞인 숨결이었다. 스스로도 의아했다. 숲에 다다르면 마음이 편안해질 줄 알았는데 지금 그녀 의 마음은 그렇지 않았다.

에일리는 입으로 숲, 숲, 짧은 단어를 되뇌며 앞으로 걸었다. 조금 씩 숲이 가까워지고 있었다.

숲 속에는 또 무엇이 기다리고 있을까? 저 안으로 숨어들면 추적 을 피할 수 있겠지. 어쩌면 휴머니스트들을 만날 수 있을지도 모른 다. 그보다 피곤한 몸을 뉘이고 잠깐이라도 단잠에 빠질 수 있는 안 전한 공간이라도 찾을 수 있기를 바랐다. 일단 숲으로 가면, 그곳에 만 가면…… 아, 아버지!

아버지의 커뮤니티 역시 깊은 숲 속에 존재했다. 에일리의 눈동자 가 붉게 충혈되었다. 허탈감, 좌절감이 강하게 느껴진 터였다. 동그랗게 말아 쥔 주먹은 답답한 가슴을 세차게 두드렸다. 아버지의 커뮤니티를 잠식시킨 건 그녀 자신이었다. 심장에 비수가 꽂히는 것 같았다. 그 비수의 폭우가 쏟아지고 있었다.

'나 때문에 돌아가신 거야. 나만 아니었다면 아버지는 살아계셨을 테지. 나만 아니었다면……'

다리에 힘이 풀렸다. 숲을 목전에 두었지만 더 이상 달리고 싶지 않았다. 다리도 움직여주지 않았다. 부상당한 왼팔의 통증마저 점차 커져가는 것 같았다.

그녀는 바닥에 주저앉았다. 이미 주체할 수 없는 감정의 홍수가 일어난 뒤였다. 한 번 물꼬를 튼 눈물이 하염없이 흘러내리고 있었다. 눈물로 시야가 한껏 일렁거렸다. 그 사이로 누군가 다가왔다.

"에일리! 어서 일어나요! 놈들이 오고 있다고요."

에드워드였다. 그가 그녀의 어깨를 흔들고 있었다.

그가 무슨 말을 하는지 귀에 들어오지 않았다. 그가 내뱉는 목소리는 언어가 아니라, 의미없이 연발하는 기계음처럼 들렸다.

갑자기 몸이 휘청거리며 무게중심이 흐트러지는 게 느껴졌다. 그녀는 저도 모르게 공중에 떠 있었다. 에드워드의 두 팔이 그녀를 들고 있었다.

"이제 정신이 좀 들어요?"

에드워드의 숨결이 피부에 와 닿고 있었다. 두 사람 얼굴 사이의 거리는 불과 20센티미터였다.

그의 말대로 정신이 들었다. 그의 투명한 눈망울이 그녀를 바라보고 있었다.

"정신이 들었어요?"

"내, 내려줘."

"일어설 수 있다면요."

에일리는 고개를 끄덕였다.

"놈들이 보이기 시작했습니다. 어서 움직이셔야 돼요."

컬린이 말했다. 에일리는 에드워드의 손에 이끌려 숲길로 접어들었다.

하늘 높이 뻗은 침엽수를 만나니, 그곳은 불과 세 발짝 앞도 잘 구분이 안 되는 깊은 어둠이 지배하고 있었다. 컬린이 먼저 어둠 속으로 깊숙이 들어갔고 뒤를 이어 에드워드가 저만 따라오라는 말을 남기고 흐려져 갔다. 에일리는 에드워드의 뒷모습을 주시하며 뒤따랐다.

머리 위로 호버카가 지나는 소리가 들리자 앞서가던 에드워드가 나무 밑동으로 바짝 달라붙었다. 에일리도 똑같이 나무로 달라붙었다.

"그럴 필요 없습니다. 저들은 우리를 보지 못합니다."

선두의 컬린이 말했다. 그의 말대로 호버카 무리는 머리 위를 스치곤 멀리 사라져갔다.

에일리는 지나온 길을 돌아보았다. 숲으로 접어드는 초입에 옹기종기 모인 추적자 무리가 보였다. 추적자 하나당 불빛 하나씩을 밝힌 채, 그들은 대열을 넓게 정비하여 어두운 숲으로 발을 들이려 하고 있었다. 그들과의 거리는 상당했다.

"컬린, 얼마나 더 가야 하죠?"

에드워드가 물었다.

"지금 속도로 한 시간이면 됩니다."

"도착하면 커뮤니티인가요?"

"그렇습니다. 제가 소속된 곳이죠."

"이 길을 자주 지나셨겠군요."

"이 길이라면 손바닥 위를 보듯 훤합니다. 자, 이제 속도를 더 내겠습니다."

컬린은 입을 닫고 일행은 보다 빠른 속도로 움직였다.

뒤따르는 추적의 빛은 꼼꼼하지만 느리게 다가오고 있었다. 저대로라면 따라붙지 못할 것이다. 그들이 좁혀오는 속도보다 일행이 멀어지는 속도가 더욱 빨랐다. 이제 한 시간 후면 어디라도 몸을 기대고 쉴 수 있을 것이다. 그런 생각을 하며 에일리는 다리에 힘을 실었다.

언덕을 하나 넘자 추적자의 행렬도 겹겹이 솟은 나무에 가려 더는 보이지 않았다. 상공으로 지나는 호버카의 소리도 귀에 익어갔다. 가까워졌다 멀어지는 소리들이 어느 순간 당연하게 받아들여졌다. 이제 어느 누구도 나무로 달라붙지 않는다. 어차피 또 다시 머리를 스쳐 지나치겠지, 하는 생각으로 고개를 들면 어김없이 멀어져가는 호버카의 꽁무니만 시야에 들어오곤 했다.

언제나 익숙함을 경계해야 한다. 사소한 진리를 망각하는 이가 많다. 여기 있는 세 사람도 그랬다. 머리 위를 지나가는 호버카의 소리가 공포가 아닌 소음으로 받아들여질 무렵, 문득 컬린이 걸음을 멈추며 한 팔을 들었다. 멈추라는 신호였다.

"당장 나무로 붙어요!"

컬린이 머리 위를 올려다봤다. 에일리의 시선도 나무기둥을 따라 상단으로 옮아갔다. 어두운 하늘을, 그보다 더 어두운 이파리가 촘촘히 가리고 있었다. 그런데 그때 손톱만한 자잘한 틈새로 차량의 불빛이 그녀의 눈에 들어왔다. 정확히 일행이 있는 곳에서 수직으로 솟은 곳이었다. 위치가 발각된 것이다.

차량이 쏘아대는 강력한 조명에 이파리 틈새 사이로 수백 수천의 노란 빛이 비처럼 쏟아져 내렸다.

"제길, 이쪽으로!"

컬린이 한 쪽 방향을 가리키며 무릎을 박차고 튀어나갔다. 에드워드와 에일리도 따라 달렸다.

나무뿌리가 밟히고 잔가지들이 얼굴에 부딪쳤다. 얼굴에 생채기가 났지만 달리기를 멈출 수 없었다. 더 빨리 달리지 못하는 게 안타까울 뿐이었다. 위로는 호버카 한 대가 여유 있는 속도로 그들의 머리 위를 따라오고 있었다.

순간 에일리는 악, 소리를 내며 바닥을 굴렀다. 잘못 밟은 나무뿌리 하나에 발목을 접지른 것이다. 곧바로 에드워드가 달라붙었다.

"괜찮아요?"

"걸을 수 있겠습니까?"

두 남자가 거의 동시에 물었다. 에일리는 다친 발목을 들어 올려 허공에 원을 그리듯 한 바퀴를 돌렸다. 묵직한 통증이 느껴지는 게 내일이면 단단히 부어오를 듯싶었다. 에일리는 에드워드의 부축을 받고 일어나 두 발을 땅에 딛고 섰다. 달리기는 어렵겠지만 그런대로 경보하듯 빠르게 걸을 정도는 되었다.

"걸을 수 있어요. 어서 갑시다."

에일리는 아픈 쪽 다리를 내밀었다. 한 발짝 움직여 땅을 딛자, 무게중심이 발목으로 쏠리며 미간이 절로 일그러졌다.

다시 한 번 힘겹게 한 발을 내디뎠다. 두 번째 걸음은 처음보다는 나았다. 견딜 만했다. 세 사람은 에일리의 속도에 맞추어 다시 전진했다. 속도는 이전보다 한참이나 줄어들어있었다.

잠시 후 고요하던 숲에 탕, 하는 총성이 울리며 새들이 푸드득 날아올랐다. 풀숲을 헤치고 멀어지는 짐승의 소리도 들렸다.

적막을 깬 것은 머리 꼭대기에 있는 호버카였다. 겹겹이 덧댄 잔가지 사이로 쏟아지는 불빛. 바로 숲을 깨운 범인.

털썩, 하는 소리가 났다.

바닥을 보니 흙에 얼굴을 묻고 쓰러진 에드워드였다.

어둠의 이면

"에드워드!"

에드워드의 입에서 으으, 하는 신음소리가 터져 나왔다. 에일리는 억지로 그의 몸을 뒤집어 하늘이 보이도록 뉘였다.

"에드워드!"

그는 대답하지 않았다.

"어떻게 된 거예요?"

앞서 걷던 컬린이 뒤돌아서 물었다. 어두워 상처가 잘 보이지 않아 그의 몸 이곳저곳을 더듬었다. 그러다 복부를 만지는 순간 손 전체가 차갑게 물들었다. 눈앞까지 손을 들어보니 피비린내가 코를 찔렀다. 총알이 복부를 관통한 것이었다.

"배, 배예요. 피가 엄청나요."

자세히 보이진 않지만, 받쳐 입은 티셔츠가 금세 축축하게 젖어드는 걸로 보아 그의 부상은 심각해 보였다. 시간이 멈춘 듯 그녀의 동작도 얼어버린 그때, 컬린의 다급한 목소리가 들려왔다.

"뭐하고 섰어요? 어서 나무 밑으로 피하지 않고!"

컬린이 그녀가 있는 곳으로 달려오며 말했다. 그때 또 한 차례 탕, 총성이 울렸다.

낮고 굵직한 컬린의 비명이 뒤따랐다. 그가 휘청하는 사이 연이어 세 번째 총성이 들렸다.

세 번째 총탄도 맞았다면 더 이상 희망을 기대하기는 어려웠을 것이다. 다행히도 탄환은 목표를 지나 흙 속에 머리를 처박았고, 그 틈을 놓치지 않은 컬린은 나무기둥 아래로 간신히 몸을 기댔다.

"괜찮아요?"

에일리가 다급한 목소리로 물었다.

"어깨를 조금…… 스쳤어요."

천만다행이었다.

의식을 잃은 채 대자로 누운 에드워드는 여전히 위험에 노출돼 있었다. 그 옆에 쪼그리고 앉은 에일리 역시 위험하긴 마찬가지였다. 어서 나무기둥 아래로 몸을 피해야 했다.

탕.

또 한 발의 총성이 울리며 에드워드의 두 다리 사이에 탄환이 푹 박히는 것이 느껴졌다.

"에드워드, 에드워드!"

그는 이제 신음조차 흘리지 않았다.

"일어나! 이대로 있다간 죽는다고!"

수차례 뺨을 갈겨도 소용이 없었다.

에일리는 에드워드의 등 뒤에서 어깨 밑으로 양팔을 집어넣은 다음 그를 있는 힘껏 뒤로 잡아끌었다. 또다시 총성이 울렸을 때, 총알이 바로 옆에 있는 나무에 박히면서 껍데기가 튀었다. 몇 번의 총소리가 조금 더 주위에서 으르렁댔지만, 그녀는 에드워드를 나무밑동으로 옮기는 데 성공했다.

에드워드의 등을 나무에 기대어 앉히고 쭉 뻗은 그의 다리를 반으로 접었다. 그리고 하늘을 올려다보았다. 무성한 가지 사이로 자신들을 위기에 빠트린 원흉이 보였다.

에일리는 상황을 헤아려보았다. 에드워드는 중상으로 정신을 잃었고, 컬린도 방금 어깨에 총탄이 뚫고 지나갔다. 그녀 역시 부상당한 왼팔을 자유로이 움직일 수 없었다.

정황상 에드워드와 함께 한다는 것은 일행의 생존 가능성을 바닥으로 끌어내리는 것이나 마찬가지였다. 그녀의 머릿속은 중상자와 함께해야 한다는 생각과 그를 두고 떠나야 한다는 생각이 정확히 반으로 이등분됐다.

충격이 잦아들었다. 공격자도 더 이상 길 잃은 탄환을 만들지 않았다.

쫓아오지 못할 것이라 여겼던 추적자의 행렬이 언덕 아래에서 보였다. 널따란 파도가 해안으로 들이치듯, 촘촘하게 연결된 빛의 쓰나미가 서서히 옥죄어오고 있었다.

컬린은 나무에서 나무로 빠르게 몸을 이동시키며 에일리의 옆으로 다가왔다. 그는 에드워드의 상태부터 살폈다.

"생각보다 부상이 심하군요."

그가 얼굴을 일그러뜨리며 말했다.

"후발대가 오고 있어요. 어서 자리를 떠야 합니다."

"에드워드는 어쩌죠?"

에일리는 컬린을 올려다봤다.

"일단 큐브부터 챙기죠."

일단이라는 말이 거슬렸다. 그 말이 꼭 에드워드를 두고 가자는 것처럼 들렸다. 그럴 수는 없었다.

"여기서 몇 분을 더 가야 하죠?"

"지금까지 반 정도 왔습니다."

"혹시 에드워드를 업을 수 있겠어요?"

컬린은 고개를 저었다. 부상당한 지금의 어깨로 사람을 업을 수 없다는 말이 뒤따랐다. 에일리는 어쩔 수 없다는 듯 고개를 끄덕였다.

잔인하게 들릴지 몰라도 컬린의 말대로 일단 큐브를 회수하는 것이 우선이라는 생각이 들었다. 피로 물든 셔츠를 지나 그의 가슴을 파고들어 안주머니 앞까지 손이 다가갔다. 볼록하니 튀어나온 큐브가 만져졌다. 그때 에일리의 손에 닿은 것은 큐브만이 아니었다. 에드워드를 움직이는 동력, 뜨겁게 살아 숨 쉬는 그의 심장이 그녀의 손등에 와 닿았다. 두근거렸다. 피로 물든 손도, 에드워드의 심장도, 그리고 그녀도.

"에일리, 냉정해져야 합니다. 에드워드를 업고 숲을 달릴 순 없어요. 뒤로 보이는 불빛도 머지않아 이곳에 도착할 겁니다."

"그 말은 에드워드를 두고 가자는 말인가요?"

"한 사람을 살리자고 나머지 둘까지 위험에 빠질 순 없습니다. 잘못되면 우리 모두가 죽을 수 있어요. 살 사람은 살아야죠. 당신도 그리고 큐브도."

컬린의 말은 틀리지 않았다. 하지만 에일리의 심장은 그 말에 동의하지 않았다.

병원서 눈을 떴을 때부터 지금까지, 위험했던 순간순간마다 에드워드가 곁에 있었다. 위험한 줄 알면서도 어디나 흔쾌히 동행해준 그였다. 에드워드가 아니었다면 이미 대교에서 추락했던 그날 세상을 떠났을 것이다. 그런 그가 고맙고 한없이 미안했다. 도저히 그를 버리고 갈 수 없었다.

"나라도 업고 갈게요."

"에일리, 냉정해지세요."

"제 선택은 변하지 않아요."

에일리는 허리를 굽혀 에드워드의 양 팔을 들어올렸다. 그의 상체를 잡아당겨 자신의 등에 엊히려 했다.

"고민들 마. 내가 해결해주지."

누군가 어두운 숲 속에서 말했다.

가까이 다가온 그 사람을 본 순간, 에일리는 놀라지 않을 수 없었다. 잔인한 미소를 띠우는 남자, 제이스였다. 온몸이 전기에 감전된 것처럼 소름이 돋았다.

컬린이 총을 끄집어내는 것보다 제이스의 손이 한 박자 빨랐다. 제이스의 총이 불길을 뿜었고 총알은 정확히 컬린의 손목을 꿰뚫었다. 컬린의 비명과 제이스의 웃음소리가 중첩됐다.

이보다 더 절망적일 수는 없었다. 헤이즐이 폭발하면서 함께 죽은 줄로 알았는데 그게 아니었다. 에일리는 두려움에 흔들리는 눈빛으로 제이스를 바라보았다.

지금 그녀 눈앞에 서 있는 남자는 한때 그녀가 더없이 사랑하던 사람이었다. 그리고 모두 거짓이었다는 게 드러나면서 참을 수 없는 혐오를 안겨주었다.

가능하다면 에드워드가 당한 것과 똑같이 그에게 그대로 복수하고 싶었다.

작은 신음이 들려왔다. 컬린이 아니었다.

소리의 근원은 에드워드였다.

"어라, 에드워드가 아직 살아있는 거야?"

제이스가 말했다.

시야가 흐렸다.

눈앞에 무슨 일이 벌어졌는지 감을 잡는 데 얼마의 시간이 필요했다. 상황이 좋지 않다는 것을 머리보다 몸이 앞서 감지했다.

한 남자가 총을 겨누었고 그 방향에 에일리가 있다. 컬린은 피범벅이 된 손을 부여잡고 고통스러워하고 있었다. 눈앞에 두 사람을 궁지에 몬 것으로 보이는 남자가 기분 나쁜 미소를 짓고 있었다. 놀랍게도 그는 제이스였다.

에일리는 제이스와 대화를 나누고 있었다. 정신이 몽롱한 탓에 목소리가 잘 들리지는 않았다. 두 사람의 목소리로 분위기를 짐작할수 있었는데 에일리는 격분한 모습이었고 제이스는 비아냥거리는 말투였다.

"네가 원한 게 결국 이거였어?"

"보이는 그대로야."

제이스가 말했다.

"비열한 놈……"

에일리는 울분에 찬 목소리로 말을 잇지 못했다.

제이스는 그녀의 말을 무시하고는 에드워드에게 다가왔다. 그에게 있어 에일리와의 동거는 업무의 연장 그 이상 그 이하도 아니었던 모양이다. 그래서인지 여전히 제이스에 대한 감정을 싣고 있는 에일리와 달리 제이스는 자신의 목적만을 분명히 했다.

"큐브는 어디 있지?"

이들이 원하는 게 큐브란 사실이 떠올랐다.

"큐브를 내놔!"

"나한테 없어!"

제이스 손에 들린 총이 에드워드의 머리를 강타했다.

"또 없다고 말해봐."

그의 얼굴이 눈앞으로 다가왔다.

"큐브, 어디 있지?"

"정말로 모르……"

강렬한 주먹이 코에서 터졌다. 순간적으로 시야가 사라졌다가 다시 돌아왔다.

에드워드는 코를 움켜쥔 채 바닥을 굴렀다. 찌그러진 코 안에서 피가 흘러나왔다. 이미 부상이 심한 복부에서도 계속해서 피가 쏟아져 나왔다. 또다시 정신을 잃을 것만 같았다.

제이스가 에드워드의 머리채를 붙잡아 올렸다.

"그깟 큐브 때문에 목숨을 버릴 셈이야?"

그의 주먹이 복부에 꽂혔다. 극한의 고통과 함께 쿨럭, 피가 뒤엉킨 기침이 터져 나왔다.

정신이 혼미했다. 죽음의 공포가 밀려오고 있었다. 에드워드는 점퍼 안주머니를 더듬었다. 그런데 마땅히 있어야 할 물건이 손에 닿지 않았다. 주머니에 큐브가 없었다.

어디 갔지? 분명 이 안에 있었는데.

그의 정신 상태로는 다양한 추론을 하기가 불가능했다. 아직 큐브를 빼앗긴 것 같지는 않았다. 에일리나 컬린, 둘 중 하나가 물건을 취한 것 같았다. 왠지 그것이 에일리에게 있을 것 같다는 생각이 들었다.

제이스의 주먹이 다시 한 차례 어깨 높이까지 올라갔다.

"그만해!"

에일리가 외쳤다.

"에일리, 너는 큐브 위치를 알지?"

제이스는 에드워드의 머리채를 땅으로 내쳤다. 얼굴 옆면이 흙에 처박혔다.

에드워드는 땅과 접촉하지 않은 한쪽 눈으로 상황을 볼 수밖에 없었다. 몸을 일으킬 힘조차 없었다. 불빛의 무리가 도처에 깔리고 있었다. 경찰들이었다.

제이스의 발등이 에드워드의 복부를 가격했다. 이제는 비명을 지를 기운조차 없었다. 핏물이 입 안 가득 차올랐다. 걸쭉한 침이 에드워드의 입가를 타고 흘러내렸다. 정신이 다시 아득해졌다.

"그만해!"

에일리가 절규했다. 제이스는 멈추지 않았다. 두 번째, 세 번째 발길질이 복부에 와 닿았다.

"여기, 여기 있어!"

에일리가 꺼내든 것은 큐브였다. 그제야 복부를 때리던 발길질이 잦아들었다.

"진작에 그렇게 나왔어야지. 물건을 이리 줘."

제이스가 에일리에게 한 발짝 다가갔다.

그때 에일리가 팔을 머리 뒤로 젖혔다. 그녀는 있는 힘을 다해 팔을 휘저었다. 손 안에 있던 작은 물건이 숲속 어딘가에 처박혔다.

"이런, 미친!"

제이스는 총을 꺼내들었다.

탕.

성난 총구가 불을 뿜었다. 에일리의 왼쪽 다리에 총알이 박혔다.

"얼른 큐브를 찾아!"

어느새 주위를 둘러싼 경찰 무리들이 큐브를 수색하기 시작했다.

"큐브를 찾지 않으면 이 숲을 다 뒤져야 할 거야."

제이스가 소리쳤다. 숲 주변으로 호버카가 수 대가 다가와 근방에 밝은 조명을 쏘았다. 제이스는 에일리에게 다가가 하관을 움켜쥐었다.

"끝까지 날 귀찮게 만드는군."

에일리는 상처투성이 얼굴로 그의 얼굴에 침을 뱉었다. 그러자 제이스가 그녀의 얼굴을 나무 기둥에 처박았다.

제이스가 총알을 한 발 장전했다.

"이쯤에서 작별하지, 에일리 플로레스."

제이스의 손가락이 서서히 방아쇠 안쪽으로 기울었다.

에드워드는 소리를 지르려 했지만 입이 벌어지지 않았다. 에일리는 눈을 감았다.

남아 있는 힘을 모두 그러모아 에드워드는 절규하듯 말했다.

"안, 돼……"

탕.

주변이 고요했다. 에드워드가 차분히 눈을 떴다.

그녀는 멀쩡했다. 쓰러진 것은 에일리가 아니었다.

한 발의 총성이 울린 것은 분명했다.

에드워드는 에일리 옆으로 쓰러진 남자를 보았다. 총에 맞은 사람은 제이스였다.

주변을 둘러싼 경찰 병력이 소란스러워졌다.

어디선가 하얀 연기가 피어오르기 시작했다.

하얀 연기를 헤치고 누군가 다가왔다.

"늦지 않았군."

누군가 말했고 그의 동료로 보이는 무리들이 숲에서 모습을 드러냈다.

주변으로 연기가 짙게 피어올랐다.

시야가 한 치 앞도 보이지 않았다.

여기저기서 비명 소리가 터져 나왔다.

퇴각을 알리는 경찰의 신호탄이 터졌다.

"이봐."

누군가가 부르고 있었다.

"이봐, 눈 좀 떠봐."

언제 정신을 잃었던 거지. 에일리는 무거운 눈꺼풀을 들어올렸다.

숲이 아니었다. 무슨 일이 있었나?

"정신이 들어?"

아직 어둠에 눈이 적응하지 못했다. 바로 앞에 있는 사내의 얼굴조차 제대로 그려내지 못했다.

한동안 눈을 깜빡거렸다. 먹물을 들이부은 듯 눈앞이 캄캄했다. 어렴풋이 누군가 그녀를 지켜보고 있다는 인기척을 느꼈을 뿐.

허벅지의 통증이 극심했다. 그에 비하면 왼팔의 통증은 견딜 만했다.

에일리는 흐려져 가는 기억 속으로 손을 내밀어 그 조각을 건져올렸다. 숲을 도망치던 중이었고 제이스로 인해 위험에 직면했었다.

여긴 어디지?

"정신이 들어?"

중저음의 남자 목소리. 에드워드는 아니었다. 컬린도 아니었다.

다시 허벅지의 통증이 지끈거렸다.

"진통제라도 놔줘?"

옆에 섰던 남자가 어디론가 사라졌다. 그는 곧 삐죽한 것을 팔에 찔렀다.

서서히 시야에 초점이 맞았다. 눅눅한 냄새가 났다. 통증이 한풀 가셨다. 감각이 돌아오고 있었다.

차츰 눈이 사물을 인지했다. 동굴 같은 장소에 누워 있었고, 주사를 놔준 더벅머리 남자는 위에서 그녀를 내려다보고 있었다.

거지꼴의 행색이다. 이런 사람을 많이 봐왔다. 휴머니스트다.

"여기가 어디죠?"

"커뮤니티야. 대장이 널 찾고 있어."

"대장…… 이라면."

에일리는 남자의 부축을 받으며 자리에서 일어났다.

토굴을 빠져나온 그녀는 남자에 의지해 한 걸음씩 걸었다. 주변은 넓은 터널 같은 공간에 개미굴처럼 작은 토굴이 여럿 있었다. 아버지의 커뮤니티와 비슷한 구조였다.

그와 함께 5분을 걸었다.

사무실의 위치도, 집무실의 모양도 똑같았다. 다른 건 그 안에 든 사람뿐이었다.

집무실에 근엄하게 생긴 여자가 앉아 있었다. 신체 나이 40대쯤으로 보이는 그녀는 환한 미소를 지어 보였다.

"고생했어요. 죽을 고비를 넘겼다지요."

에일리는 힘없이 고개를 끄덕였다.

"내 이름은 리사예요. 이곳 커뮤니티 리더지요."

"에일…… 리."

구석에서 힘없는 목소리가 흘러나왔다. 돌아보니 반가운 얼굴, 에드워드였다.

"에드워드, 괜찮아?"

그는 작게 웃어 보일 뿐이었다.

리사가 두 사람만을 남기고 다른 사람들을 자리에서 물렸다.

"연기가 나고 정신을 잃었어요."

"저희가 피운 연기예요."

"그럼 그때 그곳에 있던 경찰들은……"

"죽거나 도망쳤어요."

"그랬군요."

주변을 보니 한 사람이 부족한 것 같았다. 일행을 여기까지 안내한 컬린이었다.

"컬린! 같이 온 사람 중 컬린이란 사람이 없었나요? 휴머니스트인데요."

"컬린은 우리 커뮤니티 일원이에요. 치료를 받고 쉬고 있습니다."

리사가 네모난 작은 물건을 하나 들어올렸다. 에일리를 그토록 힘들게 했던 데이터 큐브였다.

"덕분에 큐브를 손에 넣을 수 있었어요. 정말 고마워요."

"잠시…… 만요."

에일리는 고개를 돌려 에드워드를 보았다. 그 역시 난감한 표정을 짓고 있었다. 큐브를 전달해야 할 곳은 이곳 커뮤니티가 아니었다.

헤이즐이 남긴 유언. 그에 따르면, 이안이 큐브의 수신자여야 했다.

"미안하지만 리사, 물건을 전달할 곳은 따로 있어요."

"누군지 알아요. 이안을 말하는 거죠?"

리사가 웃으며 말했다. 에일리는 에드워드를 보았다.

"에드워드, 이미 얘기한 거야?"

그는 힘겹게 고개를 저었다. 그때 집무실 문을 열고 한 남자가 들어왔다. 걸인의 행색과 어울리지 않는 남자였다. 말끔한 정장 차림이었으며 이제 갓 서른 쯤 돼 보이는 동양인이었다.

"에드워드."

"이안⋯⋯."

에드워드는 놀라움을 금치 못한 표정이었다.

"당신이 이안이라고요?"

눈앞의 남자는 고개를 끄덕였다.

"당신이 여길 어떻게⋯⋯."

"리사, 잠깐 나가있을래요?"

이안이 리사에게 말하자 그녀는 고개를 숙이고는 집무실을 빠져나갔다.

에일리는 혼란스러운 얼굴로 물었다.

"왜 커뮤니티 리더가 당신 말을 듣죠?"

"에일리, 먼저 헤이즐의 부탁을 들어줘서 진심으로 고마워요. 덕분에 휴머니스트 쪽에서 큐브를 확보할 수 있었어요."

"헤이즐의 부탁이라뇨. 그것을 어떻게 알고 계시죠?"

"그전에 하나 당부드릴 게 있어요."

"뭐죠?"

"당신이 리더를 잃은 커뮤니티 하나를 맡아줬으면 해요."

에일리가 놀라 눈을 동그랗게 떴다.

"당신 아버지가 이끌던 휴머니스트들이죠. 현재 남은 인원은 87명이에요."

"그건 말도 안 돼요. 무리라고요."

"데릭에게 커뮤니티 리더를 맡긴 이유는 생체시료 분석능력 때문이에요. 에일리, 당신도 그 이상의 능력을 발휘할 수 있을 거라 생각합니다. 생체시료 은행에서 122년간 근무했잖아요."

"하지만……"

"모든 걸 듣고 싶다면 커뮤니티 리더 제안에 수락해줘요. 그렇지 않다면 더 이상은 정보를 공유할 수 없습니다."

에일리는 난감한 표정을 지었다.

"당신이 적임자입니다, 에일리."

"알겠어요. 제가 잘할 수 있을지는 모르겠지만요."

"일단 전체를 듣고 질문은 나중에 하도록 해요."

에일리는 고개를 끄덕였다.

"당신도 알겠지만 세상엔 안락사 집행을 반대하는 우리 같은 휴머니스트들이 존재해요. 현 시점, 전 세계 휴머니스트 수는 약 천 명 정도 됩니다. 에일리 플로레스도 그중 하나고요."

"아니요, 저는 아직."

에일리가 가볍게 고개를 젓자 이안이 손목시계를 힐끗 보고는 말을 이었다.

"자정이 지났어요. 150번째 생일이군요. 축하합니다."

에일리는 당황스런 표정을 짓다가 이내 눈앞의 남자에게 가볍게 눈인사를 했다.

"휴머니스트들이 왜 죽지 않으려는지 생각해본 적이 있나요?"

에일리는 아무런 대답도 하지 못했다.

"아니, 질문을 바꾸죠. 왜 이 세상에는 400억이나 되는 사람들이 사는데 안락사 자원율이 99.9퍼센트나 될까요?"

그건 에일리도 궁금했던 부분이었다.

"개인의 신념 차이 아닐까요."

"틀렸습니다. 좀 더 과거부터 얘기를 하자면, 배양시술이 대중화되던 시점 각국 정부의 최대 관심사는 인류 확산의 억제였지요. 이에 정부에서는 경찰 내부에 집행부서를 따로 두기도 했고, 바이오칩을 추적하여 150살을 넘긴 사람들을 붙잡아 강제로 처형하기도 했어요. 하지만 효과는 미미했습니다. 그때 획기적인 방식이 새롭게 등장을 합니다."

이안은 한 호흡 쉬었다 다시 천천히 말했다.

"그건 바로 인간의 뇌 안에 안락사법을 반드시 따르도록 유도하는 무의식을 심는 것이지요. 그 의식이 심어진 사람들은 BACK TO BASIC 법안의 강력한 지지자가 되죠. 더불어 150살이 되는 순간 스스로 안락사에 자원하게 됩니다."

"그럼 저에게도 그런 기억이 심겼단 말인가요? 무의식이?"

"예전에는 그랬지만 지금은 아니죠. 데릭이 프레드릭에게서 배양을 받으라고 했던 말 기억해요?"

"기억하고 말고요. 아버지 말을 따르지 않으려 하자 엄청 화를 내셨어요."

에일리는 놀란 눈으로 대답했다.

"프레드릭은 우리와 꾸준히 내통하는 사람이었지요. 그가 무의식이 깃들지 않게 사람들을 시술해주었답니다."

에일리는 아버지의 깊은 뜻을 이해했다.

"그런데…… 그 무…… 의식을 어떻게 모든…… 사람들에게 심죠?"

뒤에서 듣던 에드워드가 물었다.

"그게 바로 무수한 배양사가 병원에서 현재 하고 있는 일입니다. 모든 병원에서는 추출된 데이터를 자체적으로 보관합니다. 한 사람의 기억과 관련된 부분이라 절대 외부 유출이 불가능합니다. 그때 바로 각각의 데이터 큐브에 무의식이 잠입합니다. 이건 배양사들뿐만 아니라 병원장이라 할지라도 모르는 기밀사항입니다. 정부에서도 손에 꼽을 몇 사람만 알고 있는 사실이지요. 그렇게 무의식이 잠입하는 99.9퍼센트의 사람들은 안락사법의 적극적인 지지자가 되고 150살에 알아서 만찬장에 참석해 죽음을 받아들입니다."

"그럼 저 같은 휴머니스트들은 무의식이 잠입하지 않았다는 말인가요?"

"맞습니다. 또한, 뒤에 누워 있는 에드워드 역시 무의식이 잠입하지 않았다고 볼 수 있지요. 한 번도 배양시술을 받지 않았으니까요."

이안의 말을 들을수록 무수한 궁금증이 샘솟는 에일리였다.

"그럼 휴머니스트들에게는 어떻게 무의식이 잠입되지 않는 거죠?"

"극히 일부 배양사들이 무의식을 주입하지 않은 채 시술했기 때문입니다. 아까도 말했지만 프레드릭 교수가 그런 배양사 중 한 분이셨고요."

에일리는 충격적인 정보들을 처리하느라 뇌에 과부하가 걸릴 것 같았다. 그녀는 차근차근 생각을 정리한 후 한 가지 의문점을 떠올려냈다.

"그럼 최근에 에드워드가 저를 배양했는데, 그때도 무의식이 주입되지 않았던 건가요?"

"그야 모릅니다. 그때 배양을 한 건 에드워드였으니."

에일리는 뒤를 돌아보았다.

"어떻게 한 거지, 에드워드?"

에드워드는 여전한 복부 출혈을 한 손으로 감싸며 눈을 감았다. 그가 힘겹게 눈을 뜨며 천천히 입을 열었다.

"에일리는 사망자 처리가 되었기에 몰래…… 몰래 해야만 했어요. 그래서 데이터 큐브는…… 그 어디에도 전달되지 않고 제 스스로 보관했어요."

순간 에일리의 머릿속에 떠오른 새로운 궁금증은 바로 눈앞에 있는 이안이라는 인물에 대한 것이었다.

"이안, 당신은 어떻게 이 모든 걸 알죠? 프레드릭 교수님이 알려 준 건가요?"

"이 세상의 비밀을 알고 있는 반정부 사람이 전 세계에 네 사람이 존재했습니다. 캐나다의 프레드릭, 미국의 헤이즐 그리고 독일과 중국에 각각 한 명씩. 총 넷이었요. 하지만 지금은 셋입니다. 독일과 중국에 각각 하나씩 그리고 저 이렇게. 이들의 역할은 정보 수집과 더불어 이 세상에 휴머니스트들을 최대한 많이 양산해내기 위해 힘쓰는 것입니다. 세상에 대항할 세력을 만들기 위해서지요."

에일리는 이안의 말에 적잖이 놀랐다.

"서로가 협력 체계를 구축하고 있었군요. 그래서 프레드릭 교수님이 큐브를 헤이즐에게 전달하라 했던 거고요. 그런데 헤이즐이……죽었어요."

"대신 큐브를 살렸잖아요. 머리를 터뜨리고 말이죠."

"알고 계셨어요?"

이안은 고개를 끄덕였다.

"아무한테도 말하지 않은 사실인데 어떻게……"

에일리는 뒤를 돌았다.

"에드워드, 혹시 헤이즐에 대해 얘기한 적 있…… 에드워드?"

에드워드는 혼수상태에 빠져 있었다. 혈액을 많이 손실한 터였다.

"이안, 에드워드가 위험해요."

"이미 할 수 있는 치료를 모두 마친 상태입니다. 더 이상의 치료는 이곳에서 불가능해요. 가만히 지켜봅시다. 아까 하던 얘길 마저 하자면……"

그가 뿔테안경을 고쳐 쓰며 말을 이었다.

"제가 바로 헤이즐이고, 헤이즐이 바로 접니다."

에일리는 고개를 갸웃했다.

"또한 프레드릭이기도 하고, 프레드릭이 헤이즐이기도 하죠. 물론 헤이즐은 죽었지만요."

"무슨 말씀을 하시는 건지요? 이해를 못하겠어요."

"세상의 비밀을 아는 사람들 넷이 존재했던 때, 당시에는 의견 대립으로 인해 서로가 서로를 모함하다가 심지어는 누군가를 죽이기까지 하는 일이 벌어졌습니다. 결국 넷 중 저 홀로 살아남았어요. 당연히 불안했고요."

이안은 자신의 이마를 가리켰다.

"이 머릿속에 든 세상의 비밀이 지구상에서 영원히 사라지지 않도록 세계 곳곳에 지식을 공유할 사람이 필요했습니다. 그래서 제가 한 일은……"

이안이 한 차례 심호흡을 하고 말을 이었다.

"결국 나는 나를 만들기로 했습니다."

"똑같은 신체를 만들었다는 말인가요?"

이안은 고개를 가로저었다.

"제 머리에 든 모든 기억을 데이터 큐브에 추출한 다음 이를 완전히 새로운 신체에 주입했습니다. 그래서 외모는 다르지만 저와 동일한 자아, 기억, 가치관을 지닌 또 다른 나를 만들어냈습니다."

그의 말은 충격적이었다.

"말도 안 돼. 그럼 아까 독일인과 중국인도……"

"모두 한 사람입니다. 참고로 지금의 이 몸뚱이 이안은 실제 프레드릭의 조교로 근무하던 남자였습니다. 프레드릭이 경찰로부터 의심을 받기 시작했을 무렵, 저희는 프레드릭의 모든 기억을 이안에게 이관하기로 했습니다. 물론 기존의 이안이 아닌, 새롭게 배양된 이안의 신체에다 말이죠. 작업 완료 후 프레드릭은 자살했고요."

"그렇다면 조교였던 이안은요? 실제 이안."

"그는 죽었습니다."

에일리는 벌어진 입을 다물지 못했다.

"어쩔 수 없었어요. 감내해야 하는 희생이었습니다."

순간 진통제의 효력이 다했는지 환부의 통증이 다시금 느껴지기 시작했다. 동시에 머리도 어지러워지고 있었다.

"이, 이 모든 일을 하는 이유가 뭐죠?"

"세상을 자연으로 되돌리기 위함입니다. 강제적인 안락사가 존재하지 않던 처음의 세상으로. 인간의 자유 의지가 살아있던 그때로 말입니다."

"그럼 그 큐브에는 뭐가 들었죠?"

"그건 분석 중입니다. 세상의 비밀 일부가 들어 있을 거라 보고 있어요."

"그렇게 중요한 물건이라면 차라리 대학교에서 빼앗지 그러셨어요. 왜 굳이 일을 힘들게……"

"그때 에드워드에게 추적자를 붙였어요. 그런데 바보같이 추적자가 광고판에 발각되고 말았죠. 그리고 그날, 에드워드에게는 큐브가 없었지요. 그렇게 보고받았어요."

에일리는 멍하니 입을 벌리고 있다가 대답했다.

"큐브는 제가 갖고 있었으니까요."

"그랬군요."

이안이 수긍한 듯 고개를 끄덕였다.

에일리는 몸을 일으키려다 엄청난 편두통이 머리를 강타하는 것을 느꼈다. 그리고 그대로 몸이 기울며 옆으로 쓰러졌다.

"에일리, 괜찮아요?"

기억 저편으로 정신이 흐려지고 있었다.

새로운 세상을 위하여

새벽 공기가 차가웠다. 아직 해가 뜨려면 두 시간은 더 지나야 할 테지만, 에드워드는 벌써부터 일어나 집 주변을 서성이고 있었다. 요 며칠 연이어 내린 눈발에 길이란 길은 모두 하얗게 얼어붙고 말았다. 슬리퍼 사이로 한기가 스며들었다. 맨발이라 차가웠다. 에드워드는 맑은 정신으로 머릿속에 텍스트를 떠올렸다.

'메리 크리스마스, 에일리.'

메시지를 전송했다.

건넌 집 창문 너머로 크리스마스 트리가 보였다. 어디선가 자그맣게 캐럴이 들려오고 있었다. 긴 하루가 될 것 같았다.

빵으로 아침을 때우고 샤워를 한 뒤 머리를 빗었다. 깔끔하게 고정된 포마드 헤어를 보니 기분이 좋았다. 각 잡힌 바지, 반짝이는 구두, 순백의 가운과 반짝이는 배양병원 뱃지까지. 모든 것이 완벽했다.

어느새 다가온 맥스가 주인의 다리에 얼굴을 부볐다.

"집 잘 지키고 있어야 돼."

큰 개가 멍, 하고 짖었다.

현관문을 나섰다. 평소라면 차량이 문 앞에 대기하고 있었을 테지만, 오늘은 평소보다 30분 이른 시간이었다. 에드워드는 뇌파로 차량을 불러들였다.

오전 8시, 에드워드는 병원 내 자신의 연구실에 도착하자마자 오늘 시술을 진행할 환자의 명부부터 살폈다. 금일 그에게 할당된 업무량은 72명 환자에 대한 뇌 스캔 작업이었다. 이번 달 들어 환자가 가장 많은 날이었다. 평소의 1.5배쯤 되는 수치였다.

에드워드는 페이퍼에 띄운 72명의 신상을 자신의 클라우드로 전송했다.

소파에 기대어 눈을 감았다. 맘속으로 프로그램을 실행시킨 후 그곳에 오늘의 명단을 붙여 넣었다. 이름이 나이순으로 정렬되었다. 37세부터 146세까지, 다양한 환자들이 오늘의 대상이었다.

명단에서 120세 이하 환자들을 제외시켰다. 24명이 남았다.

다음으로 특별한 기술을 보유하지 않은 사람들을 지웠다. 판단 기준은 직업이었다. 대개 평범한 직장인, 공무원, 자영업자, 교사 등이 제외 대상이었다. 9명이 남았다.

범죄경력이 있는 사람을 지우니 8명이 되었고, 에드워드는 이들

프로필을 찬찬히 확인했다. 경우에 따라 뉴로넷을 검색하기도 하는 등 꼼꼼히 살폈다.

모두 확인하는 데 30분 정도가 걸렸다. 8명 중에는 심리상담사, 집행부 요원, 소방수 등이 있었지만 딱히 맘에 드는 사람이 없었다. 그나마 드로이드 개발자가 눈에 들어오긴 했지만 그의 인생에서 특별한 수상 기록이나 이렇다 할 성과는 찾아볼 수 없었다.

명단을 덮어버리려다 우연히 범죄 경력이 있는 사람의 프로필에 눈이 갔다. 전직 국가대표 유도 선수이자 현재 화학자인 당사자의 경력이 눈길을 끌었다. 그의 범죄 경력은 총 두 건으로 모두 마약과 관련된 일이었다.

하나는 운동선수 시절 P3K2를 상습적으로 복용해오다 발각되어 국제유도연맹으로부터 영구제명을 당함과 동시에 감옥 신세를 진 것이었고, 다른 하나는 복역 후 화학자가 되어 스스로 새로운 마약을 개발하여 시중에 유통한 혐의였다.

범죄자이긴 하나 신체적 능력과 높은 기술력을 갖춘 사람으로 판단되었다. 에드워드는 그 사람의 이름을 머릿속에 새겨 넣었다.

본격적인 업무는 오전 9시에 시작되었다. 에드워드는 뇌 병동으로 이동했다.

그의 작업은 1년 전과는 상당한 차이가 있었다. 그때는 육체에 관여하는 작업이 주된 업무였다면, 지금은 정신과 영혼에 관련된 작업을 주로 했다. 보다 고도의, 정제된 기술을 요하는 일이었다.

아니러니하게도 그가 새로운 보직을 받게 된 데는 제이스가 일조

한 부분이 있었다. 제이스가 에일리를 추적하던 당시, 그가 작성한 보고서 속 에드워드는 거부자 집단에 붙잡힌 배양사로 기록되어 있었다. 에드워드가 에일리의 조력자였다는 내용은 그 어디에도 없었다. 눈에 띄는 대목은 데릭의 커뮤니티를 발견한 것이 모두 제이스의 독자적인 노력으로 그려져 있다는 점이었다. 그 과정에 에드워드를 추적했다는 내용은 기록되어 있지 않았다. 제이스가 보고서를 그렇게 작성한 데는 성과에 눈이 멀어 모든 업적을 독차지하려 했기 때문이 아닐까, 에드워드는 추측할 뿐이었다. 결국 제이스의 허위 보고서가 에드워드의 업무 가치를 올려놓은 셈이 되었다. 그때 제이스가 죽었으니, 당국이 보고서의 허위 여부를 판단할 수 있는 방법도 없었다.

지금 에드워드의 임무는, 정확히는 본체의 뇌에서 기억 데이터를 추출하고 이를 큐브에 전송한 다음, 최종적으로 새로운 신체에 주입하는, 일련의 반복적인 과정이었다. 오늘 72명 환자의 두개골을 열어 72개의 기억 데이터 큐브를 만들어내려면 한 사람당 10분 밑으로 작업을 끝내야 한다는 계산이 나왔다.

에드워드는 첫 번째 환자의 머리를 열었다. 그의 기계 같은 손놀림이 머리 위에서 시작되었다.

그 환자를 만난 것은 점심을 먹고 난 오후 시간대였다. 차츰 반복되는 손놀림이 지겨워질 무렵, 전직 유도선수이자 현직 화학자인 그의 차례가 되었다. 이를 알아본 에드워드는 지금까지와는 다른 방식으로 작업을 진행했다. 환자의 머리를 열고 전극을 찔러 넣는 과

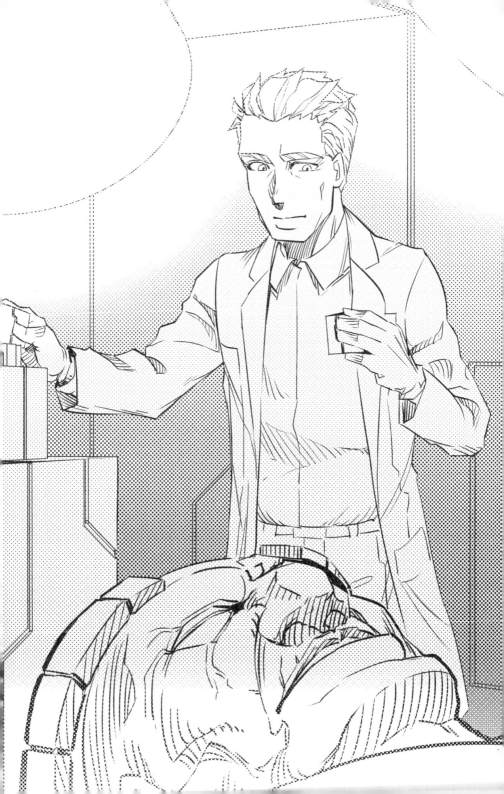

정까지는 동일했다. 다른 건 그 다음이었다. 에드워드는 미리 준비해둔 데이터 큐브를 장비에 추가적으로 연결했다. 모체의 기억이 깃든 동일한 큐브를 '두 개' 생산하려는 의도였다.

　다음의 과정은 이렇다. 두 개의 큐브가 만들어지면 하나는 상부에 제출하고 다른 하나는 스스로 보관한다. 추후 배양된 창조물에 기억을 주입하는 최종 단계에 돌입하면, 보관해두었던 제2의 큐브를 대상자에게 연결한다. 그리하면 정부의 '무의식'이 깃들지 않은 순수한 개인의 영혼이 뇌 속에 자리하는 것이다. 즉, 150세가 되어도 살기를 희망하는 휴머니스트가 만들어지는 것이다.

　에드워드는 오늘 하루, 그에게 진료를 받은 72명의 환자 중 한 명의 휴머니스트가 만들어질 저변을 갖추어놓았다. 하루 평균 50명 이상의 환자가 들어오는데, 그중 누구를 휴머니스트로 선택할지는 전적으로 에드워드 본인의 선택이었다. 오늘은 유도선수이자 화학자인 한 남자가 선택을 받았지만 내일은 어떤 누가 선택을 받을지 모를 일이었다. 대학 교수가 선택될 수도 있고 운동선수가 될 수도 있으며, 경우에 따라서는 평범한 청소부가 선택될 수도 있었다.

　에드워드가 휴머니스트를 생산하는 이 작업은 병원 몰래 수행하는 비밀스런 프로젝트였다. 심지어 절친한 벗 노아조차 그가 하는 일을 알 수 없었다.

　그렇게 지금껏 그는 115명의 잠재 휴머니스트들을 만들어놓았다.

오늘의 할당량을 모두 처리하니 퇴근시간이 다가와 있었다. 뇌 병동을 빠져나와 개인 연구실로 돌아온 그는 소파에 드러누웠다. 그리고 하루 동안 수신된 메시지를 하나씩 들추었다. 에일리로부터 답장이 도착해있었다.

'메리 크리스마스, 에드워드. 병원 일 마치면 연락줘.'

이안으로부터의 메시지도 들어 있었다. 매일 진행하는 회의를 오늘은 한 시간 늦춰 22시 정각에 실시하겠다는 내용이었다. 정시에 회의에 참석하겠다는 답문을 보내놓았다.

지금부터 회의시간까지 약 4시간 정도의 공백이 있었다. 에일리를 만나 저녁 먹을 시간 정도는 되었다. 그는 곧장 에일리에 전화를 걸어 늘 가던 카페에서 보자고 약속하고 병원 문을 나섰다.

오후부터 내리기 시작한 눈송이가 저녁이 되자 제법 거리에 쌓여 있었다. 하늘 높이 솟은 마천루들은 저마다 자신의 몸뚱이에 산타클로스와 트리로 장식된 미디어 파사드로 거리를 수놓았다. 도로를 따라 심어진 신종 플라타너스 가지 사이로는 레이저 빛 망울이 색색이 맺혀 화려하게 빛나고 있었다. 거리 곳곳에 캐럴이 울려퍼졌고 사람들의 표정에서는 행복의 기운이 감돌았다. 대목을 맞은 로봇완구점 안으로 산타클로스가 보였다.

크리스마스였다.

에드워드는 약속 장소를 향해 부지런히 걸었다. 벌써 열 번도 넘게 방문한 카페였다. 처음에는 위치정보를 켜고 지시에 따라 이동했지만 이제는 그의 실제 뇌가 길을 완전히 외울 정도가 되었다.

마천루 사이를 지나 골목을 걸어 도착한 곳은 나무 간판이 달린 허름한 카페였다. 골목 안쪽 깊숙한 곳에 위치한, 아무리 봐도 낡고 후진 이 카페를 에일리가 좋아하는 이유는 단 하나인 듯싶었다. 인식기가 없는 것이 확실한 데다 찾아오는 이가 적어 항상 한산하다는 것. 그럼에도 카페가 문 닫지 않는 걸 보면 참으로 신기했다.

에드워드는 카페 내 가장 구석진 곳에 자리를 잡았다. 에일리와 오면 항상 마주앉던 자리였다. 약속한 시간이 거의 되자 에일리가 웃는 얼굴로 다가왔다. 두 사람은 서로를 향해 '메리 크리스마스'를 외쳤다.

에일리는 휴머니스트답지 않게 차림이 말끔하며 패션 센스가 있었다. 그런 그녀를 위해 에드워드는 작은 선물을 준비했는데 그녀로서는 절대 구입할 수 없는, 백화점에서 판매하는 스카프였다.

"고마워, 에드워드."

선물을 받아든 에일리는 아이처럼 기뻐했다. 그러다 그녀의 한쪽 눈썹이 약간 일그러졌다.

"미안해서 어쩌지. 난 빈 손인데. 알다시피 난 아무것도 구입할 수가 없는 몸이라……"

"괜찮아요. 사정을 뻔히 아는걸요. 괜한 걱정 마세요."

에드워드는 눈앞에서 손사래를 쳤다.

"휴머니스트가 되고 맞는 두 번째 크리스마스네요? 오늘 커뮤니티의 모습은 어떻던가요?"

"나름대로 크리스마스라고 분위기를 내더라고. 트리 장식도 하고 캐럴도 흘러나오고. 아, 그리고 없는 와중에 다들 어디서 어떻게들 구했는지 나름 커뮤니티 리더라고 큰 선물을 준비해줬지 뭐야. 아마 밖에서 훔친 물건들이겠지만 말이야."

에일리가 키득키득 웃었다.

"난 준비한 게 하나도 없어서 이번 크리스마스에도 온통 받기만 했어. 어찌나 민망하던지."

"내년 크리스마스는 지금부터 준비해야겠는걸요."

에일리는 피식 웃음을 보였다.

"에드워드, 너 하는 일은 좀 어때?"

"적성에 맞는 것 같아요. 게다가 한 주에 두세 명 꼴로 휴머니스트를 양산하니 보람이 있기도 하고요. 물론 그들이 실제 휴머니스트 세력으로 편입되는 건 수십 년 후 미래의 일이겠지만요."

"수십 년이라. 그때면 어떤 세상일까? 그때까지 내가 살아있긴 할까?"

"에일리, 당연히 그때까지 살아있어야죠. 제대로 살기만 하면 앞으로 70년은 더 살 텐데요. 아직 21살의 몸이니."

에드워드가 우쭐했다.

"확실한 건, 휴머니스트 세력이 점점 더 확장될 거란 사실이에요. 이안 쪽에서 추정하기로 10년 후면 휴머니스트 세력이 미국 내에서 5천에 달할 거라 하더군요. 그 수는 점점 더 기하급수적으로 증가할 테고요."

에일리는 고개를 끄덕였다.

"그래, 그때까지 열심히 내 위치에서 살아가야지."

에일리는 시계를 보고는 아쉬운 표정을 지었다.

"이제 그만 일어나봐야겠어, 에드워드."

"벌써요? 만난 지 이제 고작 10분인걸요."

"커뮤니티에서 곧 파티가 있어. 몰래 빠져나왔거든. 대장인 내가 너무 오래 자리를 비우면 곤란하지."

"그래요. 아쉽지만 어쩔 수 없군요."

"에드워드, 병원에서 작업할 때 항상 조심해야 해. 언제나 익숙함이 가장 무서운 법이니까."

"알겠어요. 에일리도 밖에 나올 때면 항상 조심하시고요."

"그래, 에드워드. 메리 크리스마스."

"메리 크리스마스."

그 말을 마지막으로 에일리는 뒤를 돌아 카페 문을 나섰다. 에드워드는 그녀의 뒷모습이 사라질 때까지 눈길을 거두지 못했다.

잠시 후 종업원이 차 두 잔을 갖다 주었다. 빠르게 두 잔을 마시고 에드워드 역시 자리에서 일어났다. 허름한 카페에 있느니 행복한 사람들의 모습을 보는 편이 낫겠다 싶었다.

에드워드는 계산을 하고 문을 나섰다. 밖은 하얀 눈이 내리고 있었다. 눈을 맞으며 거리를 걸어 병원으로 돌아왔다. 연구실에 도착한 그는 피곤한 몸을 소파에 뉘였다. 이안이 소집한 회의가 있기까지 3시간, 중요한 회의이고 늦으면 안 된다. 그는 회의가 있기 10분 전에 알람을 맞춰놓고 눈을 붙였다. 나른하니 기분 좋은 잠에 빠져들었다.

회의는 22시 정시에 시작됐다. 소집된 인원은 모두 넷이었다. 에드워드와 이안 그리고 중국의 치엔웨이, 독일의 요아힘.

"자, 다들 접속하셨습니까."

사회자는 늘 그랬듯 이안이었다. 참석자가 네, 하고 대답했다.

"오늘은 날도 날이니 만큼 신속히 끝내도록 하겠습니다. 각자 오늘 생산한 휴머니스트 자료를 공용 클라우드에 업데이트 하시고 주요 현안에 대해 공유하시기 바랍니다."

에드워드는 오늘 생산한 한 명의 휴머니스트를 업로드 했다.

"에드워드, 일은 할 만한가? 힘들진 않고?"

독일의 요아힘 교수였다. 그는 뇌 스캔 기술에 있어 세계 1인자로 불리는 석학으로서 에드워드가 뇌 병동으로 보직을 옮기던 때 힘을 실어준 일등공신이었다.

"적성에 잘 맞습니다. 덕분에 휴머니스트도 꾸준히 생산하고 있고 보람도 있습니다."

"그 로봇처럼 말하는 버릇은 일 년이 다 되도록 고쳐지지 않는군."

요아힘이 껄껄 웃었다.

"아직도 적응이 덜 된 것 같군요."

치엔웨이라는 여자 연구원이 거들었다. 그녀는 중국 최대의 생체 시료 은행에서 근무하는 연구원이었다.

"내년 현황을 간략히 말씀드리면, 대략 400명 정도의 신규 휴머니스트가 150살을 맞이하여 우리 세력으로 편입 예정에 있습니다. 현행의 편입 성공률인 50퍼센트 대를 적용해보면 대략 200명 내외가 될 것으로 보입니다. 그중 반드시 편입에 성공해야 할 핵심인력을 첨부하였으니 각자 확인하시기 바랍니다."

이안이 말했다. 에드워드는 파일을 다운로드 받아 바로 머릿속에 띄웠다. 핵심세력이라 부를 만한 거물들이 빨간색으로 표시되어 있었다. 현재 기준 나이는 모두 149세로 현 콜로라도 주 주지사, 현 유타 주 경찰청장, 전 해군참모총장 등이었다. 그중에는 에드워드가 좋아하는 가수도 포함되어 있었다.

"특이사항을 공유드리죠."

치엔웨이가 말문을 열었다.

"오늘 통일한국 남쪽에서 '생존자 리스트'에 있는 사람 하나를 붙잡았어요. 겉은 34살 김고은이란 여잔데 속은 156살 뤄 샤오이예요. 십 년 전 중국에서 공안부장을 역임했던 인물이죠."

생존자 리스트란 제퍼슨의 데이터 큐브에서 추출한 자료 중 일부였다. 여기서 말하는 생존자란 150세를 넘기고도 목숨을 부지하는 사람들을 말하는 것이었다. 거부자와는 다른 개념이었다. 그들은 권력의 최상위에 있는 사람들이었다. 그들이 삶을 지속하는 수법은, 기존 몸뚱이를 버리고 나이가 어린 타인의 신체 안에 자신의 기억을 이관하는 식이었다. 프레드릭이 조교 이안에게 했던 것과 똑같았다.

"좋습니다. 뤄 샤오이의 기억이 추출되면 내용을 클라우드에 공유

해주세요."

이안이 말하자 치엔웨이가 알겠다고 대답했다.

"그럼 이상으로 오늘의 회의를 마치겠습니다."

"그래요. 고생하셨습니다. 메리 크리스마스."

요아힘이 접속을 종료했다. 이어 치엔웨이도 접속을 종료했다.

회의방에는 이안과 에드워드만이 남아있었다.

"에드워드."

이안이 에드워드를 불렀다. 접속을 종료하려던 찰나였다.

"예?"

"예라니, 둘만 있을 땐 그냥 왜라고 대답하라 했잖아."

"그, 그래. 그랬었지."

"너무 경직될 필요 없어. 여기 있는 사람들 모두 같은 사람이니까."

"응, 네 말이 맞아."

"아무튼 에드워드, 앞으로도 지금처럼 휴머니스트 생산에 힘써주 길. 프레드릭과 헤이즐 몫까지 열심히 해줘야지."

"그래야지. 나도 보람 있는 일을 하고 있다고 생각해."

"그래. 오늘도 고생했다. 언제 대학교 한 번 놀러와. 같이 식사 한 끼 하자고."

"조만간 한 번 들르도록 할게."

"휴일 잘 마무리하고. 메리 크리스마스."

"메리 크리스마스."

이안의 접속이 종료되었다.

회의가 끝났다. 이것으로 오늘의 일과가 모두 마무리되었다.

에드워드는 소파에서 일어나 외투를 걸쳤다. 병원 밖은 함박눈이 펑펑 쏟아지고 있었다. 화이트 크리스마스였다.

그는 호버카를 몰아 곧장 집으로 향했다.

"잠깐!"

시간을 확인하니 오후 10시 30분을 지나고 있었다. 에드워드는 차량에 지상으로 내려갈 것을 지시했다. 지면에 닿은 호버카가 도착한 곳은 마켓이었다.

에드워드는 문을 열고 들어갔다.

"아직 장사합니까?"

"이제 막 닫으려던 참입니다. 뭘 드릴까요?"

이거 하나 주시죠. 에드워드가 손가락을 뻗었다.

그곳에 소이렌트바가 있었다.